重庆市出版专项资金资助

全球视野下的近代重庆丛书

Zhanyunxiayu Riji Bing Shicao

栈云峡雨日记并诗草

（一）

重庆中国三峡博物馆　重庆市地方史研究会 ◎ 编

周　勇　程武彦 ◎ 丛书主编

〔日〕竹添进一郎 ◎ 著

周　勇　黄晓东　惠　科 ◎ 整理

重庆出版集团　重庆出版社

图书在版编目(CIP)数据

栈云峡雨日记并诗草:全两册/(日)竹添进一郎著;周勇,黄晓东,惠科整理. 一重庆:重庆出版社,2018.12
ISBN 978-7-229-13531-7

Ⅰ.①栈… Ⅱ.①竹… ②周… ③黄… ④惠… Ⅲ.①游记—作品集—日本—现代 Ⅳ.I313.64

中国版本图书馆CIP数据核字(2018)第234145号

栈云峡雨日记并诗草(全两册)
ZHANYUNXIAYU RIJI BING SHICAO
[日]竹添进一郎 著 　周 勇 黄晓东 惠 科 整理

责任编辑:康聪斌
责任校对:杨　婧
装帧设计:彭平欣

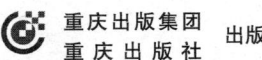 重庆出版集团
重庆出版社 出版

重庆市南岸区南滨路162号1幢　邮政编码:400061　http://www.cqph.com
重庆出版社艺术设计有限公司制版
重庆市鹏程印务有限公司印刷
重庆出版集团图书发行有限公司发行
E-MAIL:fxchu@cqph.com　邮购电话:023-61520646
全国新华书店经销

开本:787mm×1092mm　1/16　印张:28.5　字数:390千
2018年12月第1版　2018年12月第1次印刷
ISBN 978-7-229-13531-7
定价:.89.00元

如有印装质量问题,请向本集团图书发行有限公司调换:023-61520678

版权所有　侵权必究

《全球视野下的近代重庆丛书》
编辑委员会

主　任：周　勇　程武彦

成　员（以姓氏笔划为序）：

　　　　王川平　艾智科　刘兴亮　刘德奉　张　波
　　　　张荣祥　李　波　李廷勇　何智亚　邹后曦
　　　　黄晓东　常云平　曾　超　蓝　勇　戴　伶

重庆史就是中国史、世界史

——《全球视野下的近代重庆丛书》总序

周 勇

重庆，山环水绕、江峡相拥，是一座具有悠久历史、灿烂文化的历史文化名城。

近代以来，中国遭遇"三千年未有之变局"，重庆也不例外。最显著的特征就是西方列强以利炮坚船侵入中国，中国被迫进入半殖民地半封建社会。重庆之于沿海，晚半个世纪。

经过第一次鸦片战争和签订《南京条约》，西方列强强开广州、上海、福州、厦门、宁波为通商口岸，控制了中国的出海口岸；经过第二次鸦片战争和签订《天津条约》《北京条约》，西方强开天津、南京、汉口等11个通商口岸，其势力伸入长江流域中下游；随即剑指长江上游地区的四川、云南。

从19世纪60年代起，英国工商界不断催促其政府沿长江西进，把上溯重庆，强迫重庆开埠，进而夺取长江上游，作为开辟中国西部市场的首要目标。从60—70年代，英国外交官员、冒险家、企业家、海军小组等纷纷进入四川重庆，考察调研。1874年夏，英、法洋行更雇用民船私载洋货上驶重庆，直接闯关。1876年，英国借"马嘉理事件"，强迫中国签订《烟台条约》，英国取得"派员驻寓"重庆和宜昌开埠等特权；同时规定了重庆开埠的先决条件——轮船上驶重庆，其最终迫使重庆开埠的计划取得了重要的进展。随后，历任英国驻重庆领事一面加紧调研，一面游说鼓动。此举直接催生了英国商人阿奇博尔德·约翰·立德乐建造轮船驶抵宜昌，迫使中国政府与英国再谈重庆开埠条件。1890年3月31日，中英两国在北京订立《烟台条约续增专条》，英国正式取得了重庆开埠的条约权利。1891年3月1日，重庆海关成立，标志着重庆正式开埠。此时，距第一次鸦片战争已经过去了50年。

重庆开埠在中国近代史上具有重要的意义。它是西方列强在中国长江上游取得的最西端的通商口岸，英国的得手意味着欧美列强在这一领域对中国特权的"一体均沾"。1896年，后起的东亚列强日本又通过《马关条约》强迫重庆对日开埠。重庆成为列强共同侵占的半殖民地，这是中国半殖民地半封建历史的重要组成部分。

重庆开埠，也开启了中国西部地区近代化的历史进程。

在这个进程中，活跃着一大批外国人的身影。其中以英国为最。从19世纪中期以来，英国就掀起了一股"游历"中国西部的热潮。尤其是1876年中英《烟台条约》准许"洋人"进入中国内陆，更成为英、法、日、德等外国人踏入中国内地游历、考察、传教的保障与凭证。此后，大量英国人渡海远行，溯江而上，踏进这片少人涉足的陌生疆域。他们身份各异、目的多样，有的直接从事情报搜集工作，服务于国家对外扩张战略；有的探险、游历，间接地向世界传递出中国西部的社会信息。令人瞩目的是，他们将沿途的见闻诉诸笔端，回国后到处演讲，并以日记、游记或报告的形式出版发行，扩大影响，也为我们今日的学术研究留下了宝贵的史料。

我从1979年起，开始系统地学习历史学，并研究中国近现代史。期间，读到不少洋人有关重庆的著作。如英国皇家地理学会会员、威海卫副司法行政长官庄士敦（Reginald Fleming Johnston，又译为：雷金纳德·弗莱明·约翰斯顿），对川江航道、重庆煤矿、养蚕业、水利灌溉以及白蜡产业的考察；有英国记者、英国皇家地理学会会员、美国地理学会会员丁乐梅（Edwin John Dingle，又译为：埃德温·约翰·丁格尔）对川江航道、入川陆路、四川人口、铁路、工商业以及新式教育等的综合考察；英国作家、探险家以及第一位英国皇家地理学会院士毕晓普女士（J.F.Bishop，F.R.G.S.），她对中国西部进行了历时15个月的实地考察，尤其对长江上游和重庆的山川风貌、人情风土、社会环境等，进行了详细的解读和说明，进而提出重庆是"中国西部的商贸首都、清帝国最繁忙的城市之一"，是中国最引人注目的城市。尤其是有促成重庆开埠并第一个带领轮船驶抵重庆的英国商人阿奇博尔德·约翰·立德乐（Archibald John Little），他留下了名篇《长江三峡及重庆游记——晚清中国西部的贸易与旅行》（曾译为《长江三峡游记》或《扁舟过三峡》），这是一部对中国西部社会经济考察备述无遗的作品。有日本外交官、著名汉学家竹添进一郎留下的《栈云峡雨日记并诗草》，记载了他在中国各地游历的见闻，印象最深刻的则是在四川重庆的"栈云"和"峡雨"。有英国派驻重庆领事官谢立山从重庆到中国西部地区的深入考察，留下的《华西三年——四川、贵州、云南旅行记》，引起了西方国家的一时轰动，重庆乃至西南逐渐被西方人所熟知。有天主教川东教区法国传教士华芳济（P.Francois Fleury）留下的《我在四川被囚禁的经过》，详细记录了余栋臣起义过程中他被俘的经历。有法国海军上尉武尔士（Émile Auguste Léon Hourst，又译为：埃米尔·奥古斯特·莱昂·乌尔斯特）留下的《长江激流行——武尔士上尉率法国炮艇首航长江上游》。这是目前所见的，唯一的由法国人撰写的有关川江航行和重庆城市历史的著作。有天主教重庆教区大修院院长古洛东（Gourdon）撰写的《圣教入川记》，记述了明朝以来天主教进入四川和在四川的活动。还有英国的冒险旅行家托马斯·索恩维尔·库柏（Thomas Thornville Cooper）撰写的《蓄辫着袍的英国贸易先锋——溯长江而上的探索之旅》，他是西方最早一批敢于直面风险穿越中国腹地的旅行家之一，也是近代英国到西藏东部探寻商路的第一人，等等。

这其中，有三类史料的量是比较大的。

首先是围绕重庆开埠谈判的档案史料。重庆开埠共进行了三场谈判，一是1875—1876年，中英烟台谈判，最终以签订《烟台条约》而告终，规定了重庆开埠的前提条件。二是1887年开始的中英宜昌谈判。这场谈判的主题就是重庆开埠，谈了近4年，到1890年签订《烟台条约续增专条》。三是1895年，中日马关谈判，签订了《马关条约》，重庆对日本开埠。1980年，我开始研究重庆开埠这段历史时，所能依据的只有收录在《清季外交史料》之中的中国档案史料。近40年来，我们可以看到有关重庆开埠的史料大大地扩展了。首先是日本档案史料的公布。2001年，日本亚洲历史资料中心建成开放，公布了近代以来日本内阁、外务省、陆军、海军的公文书以及其他记录当中选出的与亚洲近邻各国之间的关系相关的资料。这些资料都是政府有关机构国立公文书馆、外务省外交史料馆、防卫厅防卫研究所图书馆收藏的资料，相当丰富。里面不但有中日马关谈判关于重庆的史料，更有日本人打探到的中英两国在烟台、宜昌谈判中的重要情报。后者是我们没有想到的。其次是英国国家档案馆中有关中英谈判重庆开埠史料的解密。我曾两次到英国国家档案馆查阅档案，收获极丰。那里保存着19世纪以来英国与中国交往的丰富档案，特别是1875—1876年中英烟台谈判、1887—1890年中英宜昌谈判中关于重庆开埠的原始文件，包括两国之间的历次照会、双方谈判代表给各自国家的报告、有关当事人留下的书信、签署条约的往来磋商函件，特别是《烟台条约》和《烟台条约续增专条》的正式文本，其详细、生动，是我从来没有见到过的。其中还包括中日马关谈判的记录抄件。日、英档案的披露，让我们完全回到了100多年前中英、中日关于重庆开埠谈判的历史现场，似乎还能感触到那段历史的温度。这无疑为我们在中国档案之外打开了一扇观察重庆近代历史的窗户，在近代历史大潮中的重庆开埠的历史就更加清晰和生动地展现在了我们的面前。

其次是重庆海关档案的使用。1980年，我开始研究重庆开埠时，得到我国经济史学科主要奠基者与创始人、海关史学家汤象龙先生的指导。他曾于20世纪30年代前往英法德学习研究经济史，搜集到1891年重庆开埠时的海关调查报告。先生无私地将其借我使用，我也从此开始运用旧中国海关档案来研究重庆开埠的历史。随后，我又有机会与中国第二历史档案馆的同仁共同翻译整理了一批重庆海关报告。这是当时海关关员搜集到的各类情报，每月、每季、每年向总税务司和英驻渝领事呈报。以后形成惯例，每十年编制一份综合性报告。凡重庆地区鸦片、贸易、人口、科举、教育、地势、出产、民船、本国钱号钱庄、信局、都会、会馆、航业、税收、金融、财政、河道、邮局、电报、行政、谘议局、司法、警察、监狱、农业、矿山、制造业、市政、医院、物价、工资、陆海军、铁路、省议会、灾荒等，均在其中。即使四川省以及湖北、贵州、云南、西藏、甘肃、陕西的有关内容也有不少。这些情报搜罗范围之广泛、内容之详尽、地域之宽广，令人惊叹，到了难以置信的程度。这些史料是中国的档案文献所不可替代的，极为宝贵。

再次是《华西教会新闻》的影印出版。《华西教会新闻》（*The West China Missionary News*）是西南地区最早以英文出版的近代期刊，也是近代四川办报时间最长的报刊之一。它于1899年2月创刊于重庆，1943年底停刊于成都，跨度长达45年。该刊旨在加强华西各教会传教士之间的联系，因此大量记载了当时教会，特别是华西的教会活动状况，同时也从教会的视角记录了那一时期重庆、四川的历史细节，在中国新闻史、出版史、宗教史上都占有非常重要的地位。2013年，国家图书馆出版社将其影印出版，凡45卷。

这些宝贵的史料对我的历史研究曾产生了重要的作用。我深知其对于学术研究的极端重要性。因此，很早就有一个愿望，将这些珍贵档案史料整理出来、翻译出来，公开出版，为我们的城市留下一笔基础性的历史记录，也让更多的学者可以使用，这对于学术的繁荣发展和城市文化的发掘弘扬都是十分重要的。20世纪80年代初，重庆市委老领导孟广涵和家父创办了重庆市地方史资料组、重庆市地方史研究会，团结学界，扎扎实实地做重庆历史研究的基础建设。我们几个青年的提议立即得到他们的支持和鼓励。于是我和搭档刘景修整理翻译了一部分重庆海关档案，以《近代重庆经济与社会发展：1876—1949》为题，于1987年在母校四川大学的出版社出版。我也发动我的姐姐、爱人和朋友们来翻译这批资料。但是当时的改革措施就是要求出版社"自己找饭吃"，对此类学术价值极高，而市场效益平平的著作，没有谁愿意接手出版。这是凭一己、一会之力所不能克服的困难。翻译工作也就搁置下来了，甚为遗憾。随着自己年龄的增大，随着所带学生的增加和成长，我越发有了紧迫感。

2010年，重庆市政府设立政府资助出版的专项资金，这给那些社会效益很好，而市场平平的出版物提供了机会，出版了一批好书。2015年，重庆市文化委在规划"十三五"期间出版项目时，我提出了将我30多年来搜集到的，近代以来外国学者、作家、政治家、记者撰写的有关重庆的著作翻译出版，从全球视野观察重庆，解读重庆这座城市的发展与变迁。我的提议得到了项目评审专家的一致赞成，便由重庆市文化委列为重庆市"十三五"期间的出版规划项目。尽管这离我知道并接触这批史料快40年了，但40年的愿望终于可以实现了。

《全球视野下的近代重庆丛书》就是这个项目的出版物。它是近代重庆历史的原始记录，是城市文化的宝贵财富，更是我们今天用全球化视野研究重庆的独特史料。它告诉我们，重庆史就是中国史、就是世界史的一部分。这对于今天的中国和重庆都是一笔珍贵的遗产，值得倍加珍惜。

近40年前，我开始研究重庆史的时候，早已有西方人记录和研究上海历史的著作中译本出版，而重庆则一本没有。我希望能改变这种状态。今天，《全球视野下的近代重庆丛书》的出版表明，我们不但有了，而且是一批。作为这段历史的经历者、见证者，我是感到欣慰的。

回望来路，我们这一代学人是在改革开放的大潮中伴随着中国经济体制改革从农村向城市的转移而进入城市史研究领域的，更是在改革开放的时代中逐步成长起来的。我们感恩这个伟大的时代，没有改革开放，我们就没有机会来做这些事情。今年是改革开放40周年。《全球视野下的近代重庆丛书》是重庆学界改革开放40年的一项成果，也是我们向这个伟大节日的一份献礼。

集40年之经验，"为城市存史，为市民立言，为后代续传统，为国史添篇章"，已经成为我们的理念。城市史研究只有与城市的命运联系在一起，才有蓬勃的生命力和持续发展的动力。面向第二个40年，我们会不忘初心，继续为中国的城市发展提供历史的借鉴和学术的支撑。

当此《全球视野下的近代重庆丛书》出版之际，我们以此告慰那些在我们学术成长的道路上提携、扶持、关心、爱护过我们的老前辈。更希望有更多的学者，尤其是青年学者加入到这个行列中来，建设城市文化，造福人民群众，嘉惠学人后人。

2018年7月1日

近代日本外交官和汉学家的重庆认知

——以竹添进一郎《栈云峡雨日记并诗草》为中心①

周勇　惠科

中日两国互为邻邦，交往历史已逾千年。中古以来，日本以"华夏文明"为师，带动了本国政治、经济、文化、社会等方面的发展；到了近世，中国又多方师效日本，以图唤醒沉睡的民族，匡大厦于将倾。近代时期，中日发展路径各异，两国关系纷繁复杂，矛盾冲突不断，甚至两度爆发战争。尽管如此，两国间官方或民间的交流并未中断。这一时期，日本的官员、军人、学者、商人、旅行家，还有社会组织等纷纷来到中国，开展游历活动，深入了解、考察和记录中国，留下许多报告、日记、诗集等文字记载。尽管其目的各异，但这些篇章已经成为了解中国近代社会状况的珍稀文献，具有重要的史料价值。其中，竹添进一郎对中国腹地的考察即为显例。

一、我们对《栈云峡雨日记并诗草》的整理和校释

竹添进一郎被认为是明治时代日本进入中国内陆的第一人。学界对他的在华活动较早便给予了关注，尤其是对其《栈云峡雨日记并诗草》

---

① 本文是重庆市社科重大项目"抗战大后方海外档案史料搜集暨青年人才培养计划"（2013-ZDZX04）、"日本民间对重庆及四川的情报收集与整理运用"（2016年度重庆市抗战文化专项委托项目第6号）的阶段性成果。

的论述不少①。总的来看，大都是对其游历活动的概要介绍，而对日记和诗草中包含的大量重要内容并未特别关注，对其考察活动本身更缺少深入的探讨。

笔者接触竹添进一郎这个人物及其著作，始于20世纪80年代。

当时，中日学界之间的交流处于恢复之中。而笔者的《重庆开埠史》刚刚出版，正在主持《重庆通史》的研究工作，对近代以来中日关系尤其是甲午战后中日签订《马关条约》强迫重庆开埠、抗战时期日军轰炸重庆的史实尤其关注。1985年，我受四川省外事办公室之邀，在成都向日本青年学生介绍过重庆大轰炸的历史。1986年，重庆与日本广岛市结为友好城市，这或许与重庆和日本都有二战时期遭受轰炸的惨痛经历有关（重庆遭受了日本军机长达6年多的"重庆大轰炸"，广岛是第一个遭受原子弹轰炸的城市），重庆与广岛学界的交流便是从重庆大轰炸开始的。那一年，日本广岛大学教授小林文男率领访问团来到重庆。小林文男先生是日本广岛大学的历史学教授，早在20世纪50年代，年轻的小林文男就从事于中日友好的民间交流活动，结识了时任中国共青团中央书记的胡耀邦同志。他这次是率团首访重庆，团员中大都是青年学生，因此专门请我介绍抗日战争时期日军实施的"重庆大轰炸"。这一举动在团员中产生了极大的震动，也播撒了两国青年友好的种子——访问团中的博士生桥本学先生与我成了好朋友，他继承小林文男的事业，做了广岛大学的教授，从事与重庆有关的中国近代历史研究。

---

① ［日］武部健一：《日本名人与蜀道》，《汉中师范学院学报》1995年第3期；冯岁平：《竹添井井及其〈栈云峡雨日记〉》，《成都大学学报（社会科学版）》2003年第4期；张明杰：《明治汉学家的中国游记》，《读书》2009年第8期；夏虹：《竹添光鸿与清末中国》，浙江工商大学硕士学位论文，2010年；刘济民、陈陆：《一百多年前日本汉学家眼中的三峡》，《中国三峡》2010年第4期；武光辉：《竹添进一郎〈栈云峡雨日记〉中三峡史料价值》，《华中人文论丛》2012年第2期；张明杰：《明治时期日本人的中国游记文献综述》，《日语学习与研究》2013年第5期；王晓梅：《晚清时期日本学者的两部中国西南纪行》，《贵州大学学报（社会科学版）》2013年第3期；林啸：《清代栈道行程考——以王士祯、竹添井井、俞陛云的游记为例》，《芒种》2015年第20期。

在渝期间，我们围绕以重庆为中心的中日关系进行了广泛的交流，我希望小林教授给我提供一些近代历史上日本与重庆交往的史料。他告诉我，有一个叫竹添进一郎的学者，曾访问中国内地，其中四川栈道中的云和三峡中的雨给他留下了极为深刻的印象，因此他把此行的日记和诗歌集命名为《栈云峡雨日记并诗草》。这引起了我极大的兴趣，急切盼望读到这部著作。1988年，我以四川省青年联合会副主席的身份，随时任共青团中央书记处书记兼全国青联副主席李克强率领的中国青年代表团访问日本。此行开启了我从事中日友好事业的经历。这次访问专门安排了参观日本广岛原子弹爆炸资料馆和纪念碑。小林文男先生带领他的博士生们欢迎我，进行学术交流，向我赠送了《栈云峡雨日记并诗草》影印件（明治十二年三月奎文堂刊印出版）。这本书对我的重庆史研究是一部非常重要的资料。那时，这本书还深藏于日本的图书馆内，中国学者基本上没有机会看到其真容。因此，我就萌发了将这部著作在中国刊印出来，供学界研究使用，以推动中日学界的交流与友好的愿望。但是，由于这样那样的原因，这一愿望当时没有条件实施。

进入21世纪，日本通过数字化的方式，将部分文献古籍对外开放，其中就有《栈云峡雨日记并诗草》，这给学者研究提供了好的条件。2000年日本平凡社出版了岩城秀夫的日文译注版《栈雲峡雨日記——明治漢詩人の四川の旅》；2006年陕西三秦出版社出版了《栈云峡雨稿》；2007年中华书局出版了《栈云峡雨日记 苇杭游记》。这些著作最大的好处是把过去秘而不宣的《栈云峡雨日记并诗草》公诸于世，但也各有瑕疵，让我仍有再次整理出版它的可能。

2013年，重庆市确定了"抗战大后方海外档案史料搜集暨青年人才培养计划"，将海外史料搜集与青年人才培养工作结合起来，史料目录中就包括《栈云峡雨日记并诗草》的整理研究在内的近代以来中日关系中有关大后方的史料。于是，我带领一批年轻的学者投入其间。2016年，我指导的博士研究生惠科承担了重庆市抗战文化专项委托项目《日本民间对重庆及四川的情报收集与整理运用》。因此，由中国学者完成最新版本的《栈云峡雨日记并诗草》的整理出版工作，正式提上日程。

现在摆在大家面前的《栈云峡雨日记并诗草》，就是由中国学者整理校释的第三个版本。

其突出特点，一是版本权威，即按本书初版——奎文堂明治十二年（1879）三月刊印本为依据；二是书名精准，该书包括"栈云峡雨日记"（上中卷）和"栈云峡雨诗草"（下卷）两大部分，在原书中还有"栈云峡雨日记并诗草"的名称，我们选取后者，以准确反映该书全貌；三是内容最全，我们将书中曾被其他整理者省去的当时中外名人对该书的题辞、题诗、评批、序跋等全部纳入，以窥全豹；四是校释更细，原文已有的句读，整理时均采取现代的新式标点进行标示,力求谨慎简洁，对易于引起纰漏之处，坚持宁缺毋滥的原则，同时对人名、地名尽可能做了注释，以方便阅读和理解；五是将该书的奎文堂明治版影印附后，以展现原书版本风貌，利于赏析和研究。

关于校释，需要说明的是：1.原文中出现的繁体字、异体字直接改为通用简体字；无对应通用字的，仍然保留原字。错别字、古今字等用（　）标识于原字之后。2.原文中涉及的绝大多数人名及古今有变化的地名凡能考稽者，均以页下注的方式做简要的注释。

下面，我们在既有研究基础上，钩稽相关资料，以《栈云峡雨日记并诗草》为中心，把竹添进一郎对中国内地的考察放在当时的历史背景下来观察，重点以重庆的游历为对象，展示他的考察活动，同时也是更重要的是通过他的记录和视角来揭示近代重庆社会的系列变化，以图对近代中日关系史及区域史的研究有所裨益。

二、明治时期日本对中国的探究热潮

近代以来，在西方资本扩张的推动下，世界逐渐进入了开放的、全球化的时代，国家间的壁垒开始被不断打破。不论愿意与否，世界各国都逐渐被纳入到一种新的国际关系中，人类历史开始了史无前例的频繁联系与交往的进程。

在这一潮流的冲击下，日本近世奉行二百余年（1633—1857）的闭关锁国政策，因"佩里叩关"而终止。18世纪60年代起，欧美各国相继完成第一次工业革命，纷纷走上资本主义道路。商品经济的发展，急需大量原材料以及对外销售市场，亚洲的资源与市场一时成为欧美各国争夺的对象。1853年6月，美国东印度舰队司令马修·佩里率领军舰驶入江户湾浦贺海面，要求日本开关贸易。翌年3月，德川幕府被迫放弃锁国体制，签订了《日美亲善条约》（亦称《神奈川条约》），开始卷入为资本主义竞争和积累创造条件的活动中①。对于日本来说，开港，既意味着空前的民族危机，也意味着弃旧图新的历史机遇的到来。②面对内忧外患的情势，为探求自救、自强之道，日本采取了众多举措，国内社会发生了一系列剧变：幕府统治被推翻，以"天皇"为代表的中央集权制得以建立，以及向资本主义国家的转换。尤其是，在欧风美雨的浸润下，日本开展了具有划时代意义的变法运动——明治维新。明治维新"殖产兴业、文明开化、富国强兵"的三大方针极大地推动了日本历史的近代化进程，同时也为日本走向对外侵略扩张奠定了重要的物质和精神基础。③

在对外政策方面，明治初期，日本一方面积极与各国修约，以挽回利权；另一方面则展示出对东亚的武力扩张倾向。1868年2月8日，明治天皇发布《外交布告书》，号召"大力充实军备，光耀国威于海外万国，以应答祖宗、先帝之神灵"。④4月6日，天皇又发布诏敕，宣告其霸业理想："朕与百官诸侯相誓，意欲继承列祖伟业，不问一身辛苦艰难，亲营四方，安抚汝等亿兆，开拓万里波涛，布国威于四方，置天下

---

① 董玥编：《走出区域研究：西方中国近代史论集粹》，社会科学文献出版社2013年版，第36页。

② 宋成有：《新编日本近代史》，北京大学出版社2006年版，第74页。

③ 冯玮：《日本通史》，上海社会科学院出版社2012年版，第408页。

④ 日本外务省调查部编纂：《大日本外交文书》第1卷第1册，日本研文社，昭和十一年（1936），第227页。

于富岳之安。"①从时间间隔甚短的两次诏敕中,可清晰看出日本强烈的对外扩展欲望。

对于昔日"亦师亦友"的近邻中国,日人看到了晚清政府的腐败和中国衰落的趋势,在观念上便由友好逐渐变为轻蔑敌视。尤其是日本福泽谕吉的"脱亚论"和"告别恶友论"的出台,不仅影响了一个时代的日本人,而且也影响了日本政府的对华政策。②这一时期,在政府鼓励、支持下,大量日人来华对中国国情进行实地考察调研,有的还直接从事情报搜集工作,以求全方位了解当时中国的国情国力。1871年中日双方签署的《日清修好条规》,又为日人来华提供了方便,日人的活动范围进一步扩大。

明治时代,来华日人身份多样,大致可分以下几类。一、外交官,以驻华外交人员为主。代表人物有驻华公使森有礼、西德二郎及外交官大鸟圭介、村木正宪等,也包括竹添进一郎;以及日本驻大清各地领事馆工作人员。二、军方人员,主要从事军事侦探活动。较为著名的有海军后勤军官町田实一、海军少尉曾根俊虎、大尉新纳时亮、海军军医青木忠橘、舰队参谋桂赖三、陆军少佐池上四郎、陆军大尉武市正干、陆军中尉岛弘毅、工兵中尉小田新太郎、陆军少佐福岛安正等。三、政府公职人员,及有政府背景的机构人员。主要是外务省、农商务省、日清贸易研究所及满铁调查部等。四、知识分子或学者。代表人物为汉学家冈千仞、京都大学教授内藤湖南、大阪新闻社芥川龙之介、四川高等学堂教习山川早水、成都补习学堂兼优级师范学堂教习中野孤山、北京东文学社教习高瀬敏德等。此外,独具特色的民间团体力量——东亚同文书院,以及僧侣、商人等,也参与到对华的考察调研以及情报搜集工作中。他们的足迹遍及除西藏以外的中国所有省区,搜集、调查的情报资料涉及中国各地的政治、经济、社会等各个方面。此不谓不广,不谓不细也!

一些日本人或相关组织将自己在中国的见闻、思考以"游记"或

---

① 日本外务省调查部编纂:《大日本外交文书》第1卷第1册,日本研文社,昭和十一年(1936),第557页。

② 杨栋梁:《近代以来日本的中国观》第1卷,江苏人民出版社2012年版,第50页。

"日记"的形式记录下来并陆续出版。这些"游记"、"日记",对研究近代中国国情国力及中日关系等,都具十分重要的价值。①

由此看来,1876年竹添进一郎的"陕川之旅"以及其著作《栈云峡雨日记并诗草》就不是孤立的存在了,日本社会各界对中国的探究已是一时的风气。竹添进一郎随日本驻华公使森有礼一同来华,出任其驻华使馆的书记官,其身份首先是日本国驻外机构公职人员。同时他又是一位精通汉学的学者,可非常方便地了解、考察、交流和记录所见所闻。竹添进一郎的《栈云峡雨日记并诗草》对中国腹地的详尽考察、对社会问题的细致描述,内涵十分丰富,使其作用与价值当远不止于文学层面。

三、竹添进一郎与《栈云峡雨日记并诗草》

竹添进一郎(1842—1917),讳光鸿,字渐卿,号井井居士,晚年又号独抱楼,明治时代著名的汉学家、外交官。天保十三年(1842)生

---

① 近代日本人中国游记中,除《栈云峡雨日记并诗草》外,价值较高、影响较大的作品还有:小栗栖香顶的《北京纪游》(1873);曾根俊虎的《清国漫游志》(1874)、《北中国纪行》(1875);森有礼的《使清日记》(1875—1876);井上陈政的《西行日记》(1883);后藤昌盛的《在清国见闻随记》(1884);尾崎行雄的《游清记》(1884);小室信介的《第一游清记》(1884);冈千仞的《观光纪游》(1886);岛弘毅的《满洲纪行》(1887);黑田清隆的《漫游见闻录》(1888);大鸟圭介的《长城游记》(1894);山本梅崖的《燕山楚水纪游》(1899);中村作次郎的《中国漫游谈》(1899);内藤湖南的《燕山楚水》(1900);户水宽人的《东亚旅行谈》(1903);植村雄太郎的《满洲旅行日记》(1903);高濑敏德的《北清见闻录》(1904);河口慧海的《西藏旅行记》(1904);盐谷温的《燕京见闻录》(1904);德富苏峰的《七十八日游记》(1906);股野琢的《苇杭游记》(1909);日野强的《伊犁纪行》(1909);夏目漱石的《满韩漫游》(1909);永井久一郎的《观光私记》(1910);小林爱雄的《中国印象记》(1911);川田铁弥的《中国风韵记》(1912);橘瑞超的《新疆探险记》(1912);中野孤山的《横跨中国大陆——游蜀杂俎》(1913);大谷光瑞的《放浪漫游记》(1916);山本唯三郎的《中国漫游五十日》(1917);宇野哲人的《中国文明记》(1918);青木文教的《西藏游记》(1920);芥川龙之介的《中国游记》(1925);桑原骘藏的《考史游记》(1942)等。以上作品的相关信息,参考张明杰:《明治时期日本人的中国游记文献综述》,《日语学习与研究》2013年第5期。

于天草（今日本熊本县）上村。据称，自幼聪颖，五岁可阅《论语》，七岁便览《资治通鉴》，有"明治神童"的美誉。1856年，跟随宏儒硕学木下犀潭先生学习，与井上毅、木村弦雄、古庄嘉门等同为木下公门下的杰出弟子。后"仕熊本侯，擢列儒官"①，其政治生涯由此开启。明治八年（1875）四月，进入修史局工作，后转职法制局。同年十一月，与驻华公使森有礼一同前往北京，出任其书记官。光绪二年（1876）四月，来到中国不到半年的竹添进一郎从北京出发前往巴蜀游历，旅途四个月，八月抵达上海，旅程至此结束。竹添进一郎用汉文将这次旅行的见闻诉诸文字，写成了震撼当时中日文坛的著作——《栈云峡雨日记并诗草》。光绪三年（1877）三月，他又从上海启程，将苏杭的大好风光游览了一番，并撰写了《杭苏诗草》一卷，亦收录于《栈云峡雨诗草》中。四年以后，明治十三年（1880）五月，竹添进一郎被任命为日本驻天津领事官。两年以后，明治十五年（1882）十一月，竹添进一郎升任驻朝鲜公使，开展对朝外交活动。明治十七年（1884）十二月归国。明治二十六年（1893）十月，受邀担任帝国大学（今东京大学）文科大学教授，讲授汉学。两年后，即1895年辞官归乡，致力于学术研究，完成《左氏会笺》、《毛氏会笺》、《论语会笺》等备受学界推崇的汉学研究著作。②除上述著作外，其代表作还包括《犹抱楼遗稿》、《元遗山诗选补》、《参评清大家诗选》、《历代古文钞》等。大正三年（1914），被授予文学博士。大正六年（1917）三月逝世，享年75岁，葬于东京小石川音羽护国寺内。

① ［日］竹添进一郎：《栈云峡雨日记》，日本奎文堂刊行，明治十二年（1879）。
② 关于竹添进一郎的生平事迹，可参见《文学博士竹添進一郎叙勲》https://www.digital.archives.go.jp/das/image/M0000000000000045461；《竹添公使朝鮮国京城在勤ニ付御国書并花房公使解任状進贈》，https://www.digital.archives.go.jp/DAS/meta/listPhoto?KEYWORD=&LANG=default&BID=F0000000000000005165&ID=M0000000000001699259&TYPE=&NO=；《修史局二等協修竹添進一郎森全権公使随行清国ヘ出張旅費等別途御渡ノ儀伺》，https://www.digital.archives.go.jp/das/meta/M0000000000000100103.html；《在天津領事竹添進一郎芝罘牛荘兼轄ノ件》，https://www.digital.archives.go.jp/das/meta/M0000000000000131342.html 以及《領事竹添進一郎外一名朝鮮国ヘ派遣ノ件》，https://www.digital.archives.go.jp/das/meta/M0000000000000146663.html 等相关网址。最后一次访问时间为2016年3月5日。

《栈云峡雨日记并诗草》于明治十二年（1879）三月由奎文堂刊印出版，著述人署"熊本县士族竹添进一郎"，出版人为"东京府平民野口爱"，颁行书肆包括丸屋善七、丸屋善八、文心堂源作等共计二十五家书店。全书竖排繁体，每页十行，每行二十字，扉页及卷尾多有名家作序、题辞、题跋及评批，正文有杨岘、李鸿裔、方德骥、蔡尔康等人的眉批评语。出版时版式为四周双边，版心下部印有"奎文堂藏"四字，上部署"栈云峡雨稿"。全书共分为上、中、下三卷。上、中两卷为"日记"，是作者由京城出发，经冀、豫，再由陕入川、渝，后由渝取道长江，顺流而下，经鄂、湘、赣、苏，最后到达上海的一路风光及社会见闻的记录；下卷"诗草"，为旅途中作者内心情感的迸发与抒写，共计190余首。

除作者汉文原版外，日本平凡社2000年出版了岩城秀夫的日文译注版——《栈雲峡雨日記——明治漢詩人の四川の旅》。

业经中国大陆学者整理、出版的《栈云峡雨日记并诗草》计两个版本，至今已逾十年之久。

一为东北师范大学张明杰教授整理。以《栈云峡雨日记 苇杭游记》为名，中华书局2007年出版，收录在其主编的"近代日本人中国游记"系列中。该书的特点是将竹添进一郎的《栈云峡雨日记并诗草》与日本后期的汉学家股野琢的《苇杭游记》整合为一本书的容量出版。书籍虽冠以《栈云峡雨日记》之名，但对"日记"和"诗草"两个部分均进行了整理，尤重"标点"，"注释"较少。"日记"部分，只保留了原书中作者逐日的记载，而将上卷卷首三条实美、伊藤博文的题辞，中卷卷尾瓮江川田刚、重野安绎、土井有恪、海南藤野、高心夔、杨岘、强汝询、李鸿裔、吴大廷、齐学裘、薛福成、曾纪泽等中日名人的题辞、题诗、评价和井上毅、方德骥、海舟胜安芳的题跋以及中村正直、瓮谷冈松辰题写的序，悉数省去，未予纳入。"诗草"部分，只保留了作者本人所作诗篇，而对护美、副岛种臣的题诗，中村正直的序，大槻崇、杨岘、吴大廷、云间雪门、刘瑞芬、李鸿裔、高心夔、仁和岩、徐庆铨等人的题跋、题诗等，也都一并省略。颇为遗憾！难以从时人对该书的评价中，进一步窥视该书的完整价值。

一为陕西省汉中市博物馆冯岁平教授点校的《栈云峡雨稿》（陕西三秦出版社2006年出版）。此版是以"日本吉村昌之先生提供的奎文堂初版本为底本，校订原文"①，以《栈云峡雨日记并诗草》原版版心所署的"栈云峡雨稿"命名，同样包括"日记"和"诗草"两部分。此版在"诗草"部分，内容有所扩充，增加了竹添进一郎于"明治十三年三月来华交涉'分岛改约'之后写就的"②《燕京诗草》13首。前言中谈及此为"明治二十六年，此书在东京再版"③时所作的补充。同时还插配了二百八十余幅相关图片，以求图文并茂。

以上已整理、出版的两个版本，为本次的整理、校释工作提供了有益的参考。

《栈云峡雨日记并诗草》是竹添进一郎"历九千余里"，"自京入蜀一百十二日中所记也"。④作者选取游历时所见的"栈之云"和"峡之雨"为书籍命名。"栈"即栈道，指的是古代"我国西南、西北和华南地区特有的交通道路设施"⑤。这种道路设施多存在于地势险要、交通极为不便之地。修建于高山深谷中的栈道，本身也是一种极其危险的交通设施。作者在日记中描绘道："溪水自万山中来，乱石相排而出。涉溪蹈危岸而行，一路羊肠，循山盘纡，仰视天光，如在井底。"⑥"峡"，即长江三峡，也就是我们今日所指的瞿塘峡、巫峡和西陵峡。竹添进一郎此次考察旅行，踪迹甚广，包括中国的华北、西北、西南、华中、东南多地。作者以"栈云峡雨"为此行游记之名，足见其对川渝地区印象之深。

在河北境内，作者一行人参观了卢沟桥、帝尧庙、卢生祠等；在陕西旅行期间，观赏了留侯祠、武侯庙、武侯墓、华山以及骊山等；六月

---

① ［日］竹添井井：《栈云峡雨稿》，冯岁平点校，三秦出版社2006年版，第24页。
② ［日］竹添井井：《栈云峡雨稿》，冯岁平点校，三秦出版社2006年版，第23页。
③ ［日］竹添井井：《栈云峡雨稿》，冯岁平点校，三秦出版社2006年版，第21页。
④ ［日］竹添进一郎：《栈云峡雨日记》，日本奎文堂刊行，明治十二年（1879）。
⑤ 张在德、唐建军编：《中国地域文化通览·四川卷》，中华书局2014年版，第351页。
⑥ ［日］竹添进一郎：《栈云峡雨日记》，日本奎文堂刊行，明治十二年（1879）。

抵达四川境内，游览了玉皇观、文昌庙、觉苑寺、武侯祠、大小剑山、千佛岩、八阵图等景观；八月，考察了湖北知名的黄鹤楼、鹦鹉洲等景点。

"日记"中不单记录了作者沿途游历的自然风光、人文胜景的具体内容，并对一些景观背后蕴含的历史文化背景进行了介绍及说明。五月十五日，一行人入汤阴县（今河南省安阳市汤阴县），抗金名将岳飞庙建于此。作者首先对其外在环境进行了描述："画栋雕甍，翚飞于林表。四边丰碑森列，其镌公书大者径尺，小则二三寸，皆笔力遒美，想见其为人。其余名公硕儒题识，不可胜记，明人最多。门外安秦桧夫妻及张俊反接铜像，人皆唾而过焉。"①紧接着对历史上岳飞被害一事，阐述了自己的看法。他指出："杀武穆者非桧也，高宗也。"②将岳飞被害归咎于宋高宗。竹添进一郎从古代君臣关系的角度出发，指出"使高宗无杀武穆之心，则虽有百桧，无得逞其毒"。③这同大部分人将岳飞的死因归咎于秦桧迫害的观点大相径庭。他同时认为"铁像之设，必非公（岳飞）所欲也"④。从竹添进一郎对这一事件的剖析，我们可以看出他的汉学修养很高，对中华历史十分熟悉，甚至可以提出自己独特的观点。

本书除记载名山胜水、人文景观外，还包含了大量社会问题的考察。下面试举一例做简要的说明。

七月二十一日，一行人渡过黄河，进入河南省，发现黄河南北两岸皆广种鸦片。对这一严峻的社会问题，作者深感忧虑：

近时鸦片日炽，河之南北皆种之，愈西愈多。边境僻陬之民，无不食焉。山西则不论男女，食者居十之七。盖鸦片之出，川、广、云、贵最多，而其品则云南为第一，然亦不如印度之和润。故富贵者必资之洋

---

① ［日］竹添进一郎：《栈云峡雨日记》，日本奎文堂刊行，明治十二年（1879）。
② ［日］竹添进一郎：《栈云峡雨日记》，日本奎文堂刊行，明治十二年（1879）。
③ ［日］竹添进一郎：《栈云峡雨日记》，日本奎文堂刊行，明治十二年（1879）。
④ ［日］竹添进一郎：《栈云峡雨日记》，日本奎文堂刊行，明治十二年（1879）。

舶，一岁所费不下二十金。余闻清国民口，无虑四亿万，其食鸦片者居十之一，为四千万。再以四十之一算之，食洋品者且百万，则一岁所费二千万金。吁！亦浩矣！虽然，食之有益于身犹之可，无益无害，亦未足深咎，而鸦片之性，耗精促命，其毒有甚于鸩。吾恐百年之后，四亿万之民尽衰羸，而生类几于灭矣！为民父母者，宁可不早作之所乎哉？①

竹添进一郎通过这一番估算，阐明了鸦片对于清国财力的巨大消耗和对国民健康的无情摧残等不利影响，提醒时人吸食鸦片的害处，且担忧"恐百年之后，四亿万之民尽衰羸，而生类几于灭矣"！②英国孟加拉省长瓦伦·哈斯丁斯就曾宣称："鸦片不是生活的必需品，而是一种有害的奢侈品，除仅仅为对外贸易的目的外，它是不被容许的。明智的政府应该严格限制鸦片的国内消耗。"③清王朝从中央到地方也曾多次发布"禁烟令"，然收效甚微。譬如，宣统三年（1911）时，重庆府知府与巴县知县曾联合发布禁烟告示："照得鸦片禁种、禁运、禁吸，三者并重。禁种、禁运业已实行，现在认真禁吸。官膏不久裁撤，凡有私熬烟膏，私开烟灯，卖人吸食者，余饬城乡巡警、监保一体严拿外，合行示仰军民诸色人等赶紧戒断，立图自强，幸无自罹法网，后悔无及，切切此示。"④在近代中国，鸦片俨然成为国民的"宠儿"，屡禁不止，无论男女皆吸食之。众所周知，鸦片撬开了中国古老的国门，改变了近代中国的发展轨迹。近代中国的百年屈辱与鸦片密切相关，甚至两次对外战争都以"鸦片"命名。由此来看，该书着实是"不止写山水之奇"⑤，还"抉郡国之利病，论形势之夷险，究古今之成败"⑥。

竹添进一郎以其政府官员身份，怀抱深厚的汉学修养，游历广，观

---

① ［日］竹添进一郎：《栈云峡雨日记》，日本奎文堂刊行，明治十二年（1879）。
② ［日］竹添进一郎：《栈云峡雨日记》，日本奎文堂刊行，明治十二年（1879）。
③ 《皇家委员会关于鸦片的报告》，转引自丁名楠等：《帝国主义侵华史》第1卷，人民出版社1961年版，第17页。
④ 四川省档案馆藏《巴县档案》：6-7-0225。
⑤ ［日］竹添进一郎：《栈云峡雨日记》，日本奎文堂刊行，明治十二年（1879）。
⑥ ［日］竹添进一郎：《栈云峡雨日记》，日本奎文堂刊行，明治十二年（1879）。

察细，关注深，描绘详，汉学功力、历史见识与诗意趣味同在，使得该书一经出版，即在中日文坛、政界掀起一股热潮，引起巨大反响，为该书撰序、题辞、题跋、评批的著名人士竟达43位。

日本首相伊藤博文亲自为其题辞"民俗土宜真学问，水光山色好文章"①予以赞誉。

同竹添进一郎一样活跃于日本文坛的那批明治时代的汉学家，对竹添进一郎的《栈云峡雨日记并诗草》均给予高度的评价，欣然为之品评。

回澜社的著名汉学者瓮江川田刚认为"斯书一出，范、陆二《记》恐不得专美于前也"，②将此书与中国历史上两部堪称游记楷模的《吴船录》、《入蜀记》相媲美。丽泽社的重野安绎不仅欣赏该书"观国俗忧民瘼之念，犹隐隐动乎楮墨间，乃经世大文章"，还有意提醒道"莫作一部游记看"③。汉学家海南藤野更为详细地指出，该书"至水脉源委必详之，沟洫堤防三致意"，"其他土宜物产之多寡得失，以至税法奸情，尽记无漏"，遂感叹"渐卿一游涉之际，用意之精密如是。是岂徒游记视之而可乎？直以为'支那风土记'看之而可也"。④他认为此书的价值远超一般性"游记"，完全是一部反映近代中国风俗民情的"书面报告"。诗人土井有恪接手更是连读三遍，认为"殆无瑕疵可指"⑤。

竹添进一郎关注中国事务，好游历、善结交，与中国政界、文坛的一大批著名人士交往密切。如果说日人的论述或因同族之情有过誉之嫌，那接下来看看清人对该书题写的大量的序、评，或可有更深一层的理解。

首先是晚清重臣李鸿章在书叙中写道，"其文含咀道味，瑰辞奥义，间见叠出；其诗思骞韵远，摆脱尘垢，不履近人之藩"⑥，称赞本

---

① [日] 竹添进一郎：《栈云峡雨日记》，日本奎文堂刊行，明治十二年（1879）。
② [日] 竹添进一郎：《栈云峡雨日记》，日本奎文堂刊行，明治十二年（1879）。
③ [日] 竹添进一郎：《栈云峡雨日记》，日本奎文堂刊行，明治十二年（1879）。
④ [日] 竹添进一郎：《栈云峡雨日记》，日本奎文堂刊行，明治十二年（1879）。
⑤ [日] 竹添进一郎：《栈云峡雨日记》，日本奎文堂刊行，明治十二年（1879）。
⑥ [日] 竹添进一郎：《栈云峡雨日记》，日本奎文堂刊行，明治十二年（1879）。

书用词瑰丽、道理深刻，诗歌不落窠臼。

竹添进一郎两访遂得一见的晚清著名学者俞樾也受邀作序，认为此书的难得之处在于"山水则究其脉络，风俗则言其得失，政治则考其本末，物产则察其盈虚，此虽生长于斯者犹难言之"。①

学者钟文烝题"其言有伦次条贯，视潘安仁《西征赋》远胜，而其体物感时，笔外有笔，则更有郦善长《水经注》之遗伟"，②甚至认为本书的价值远胜于西晋文学家潘岳的《西征赋》，兼有郦道元《水经注》之遗风。

至此可看出，当时中日两国的人士皆对此书赞誉有加，足以表明此书的价值和影响。统观之，时人的赞誉集中于两方面：一是赞赏本书对山川地理、民风习俗的细致考察，不能仅当作游记看，是"经世文章"；二是称颂竹添进一郎的文学修养。

由上可知，《栈云峡雨日记并诗草》并不单是一部供人闲暇时消磨时光的山水游记，大量风俗民情的描写、记载，使其具备了相当的地理、气候、经济、社会等价值，为了解当时中国的社会状况提供了丰富的信息。

四、《栈云峡雨日记并诗草》里的重庆镜像

竹添进一郎一行人于清光绪二年（1876）四月从京城出发，历时近三个月，于七月上旬进入重庆境内。

日记载，十七日，过四川隆昌县李市镇后，一行人当晚即投宿于重庆荣昌县。受亚热带季风气候的影响，夏日的重庆酷热难忍。即便是夜晚，竹添亦感到"夜热如蒸"。为避日行之暑，一行人不得不"戴星而发"。③为此作者还专门作诗一首，以表达此时的"境遇"，名为《晓发荣昌》：

---

① ［日］竹添进一郎：《栈云峡雨日记》，日本奎文堂刊行，明治十二年（1879）。
② ［日］竹添进一郎：《栈云峡雨日记》，日本奎文堂刊行，明治十二年（1879）。
③ ［日］竹添进一郎：《栈云峡雨日记》，日本奎文堂刊行，明治十二年（1879）。

> 屋小气如蒸，出门见残月。
> 月弦赤于水，知送夜来热。
> 欲乘晓气清，客先鸡声发。①

"客先鸡声发"五字，形象又传神地道出作者为躲避暑热的无奈之举。

十八日，路过大足县的南大门——邮亭铺后继续行路，晚至永川县歇脚。苦于酷暑，作者竟"通夕不寐"。②

十九日早晨，在床席边进食后，匆匆起程。夜晚来到璧山县的来凤驿歇息。清代的来凤驿是一个商贸活动较为频繁的地区，与白市驿、双凤驿、龙泉驿并称成渝古道上的"四大古驿"。夜半时，一行人即离开驿站，前往重庆府。

二十日快天明时，天空下起小雨，一行人过白市驿，经龙洞关、劳淳铺后，终于抵达重庆府。

由四川入重庆府必经的一个陆路关隘即有着古渝州"锁钥"之称的浮图关。《巴县志》载："渝城三面抱江，陆路惟佛图关一线耳，壁立万仞，磴曲千层，两江虹束如带，实为咽喉扼要之区，能守全城，可保无恙。"③由此可见浮图关地势之险峻。因而过关时，作者有胆战心惊之感，坐在轿中甚觉不安，认为轿子极易出现"轩则朝天，轾则俯地"的状况，为此"残梦屡惊"。④入关后，他们便正式进入重庆府地面。

重庆因山而扬名，因水而著称，群峰叠起、两江环绕的景色，从古至今吸引着无数游客。"抵重庆府。府依山为城，高而长，如大带拖天际。蹑磴而上百八十余级，始至城门。又历九十余级乃出街上。"⑤独特的城市建构，便是重庆府给竹添进一郎的第一印象。作者的欢喜之情，溢于言表，遂作题名《重庆府》的诗歌：

---

① ［日］竹添进一郎：《栈云峡雨诗草》，日本奎文堂刊行，明治十二年（1879）。
② ［日］竹添进一郎：《栈云峡雨日记》，日本奎文堂刊行，明治十二年（1879）。
③ （清）王尔鉴修、王世沿等纂：《乾隆巴县志》卷二《建置》，乾隆二十六年（1761）。
④ ［日］竹添进一郎：《栈云峡雨日记》，日本奎文堂刊行，明治十二年（1879）。
⑤ ［日］竹添进一郎：《栈云峡雨日记》，日本奎文堂刊行，明治十二年（1879）。

盘石擎城笋半空，大江来抱气濛濛。
山风带热水含毒，身在蛮烟瘴雨中。①

诗歌准确地描述了重庆府建城的特色以及独特的地理环境。

重庆属于亚热带季风性湿润气候，雨热同期，雨量充沛，尤其夏秋之交夜雨频发，故得李商隐"巴山夜雨"之称。地理位置上，重庆北为大巴山，南临大娄山，东南近武陵山，独特的地理环境孕育出了众多旖旎迷人的自然风光。竹添进一郎一行顺江而下，饱览了这片土地的江山美景。

（一）雄奇秀丽的山水风光

在重庆呆了不到十天时间，七月二十九日，竹添进一郎乘舟游览了号称三峡第一峡的瞿塘峡。作者对瞿塘峡的风光赞叹不已：

入峡则两岸绝壁陡立，有石破天惊之势。其近水处，层层擘裂，如剖莲囊。诸山皆以石为体，其色有粉壁者，有赤甲者，随色各得名。又有叠成数十级，如可拾而上者，曰孟良梯；如象鼻下向，欲饮于江者，曰石鼻子；头戴圆石，欲坠不坠者，曰擂鼓台；岩腹有洞，如并悬日月者，曰男女孔。其他成形取势各不同，非笔墨所能悉也。②

形态各异的奇石、陡立千仞的峭壁，竹添进一郎皆给予细致的观察，感叹"非笔墨所能悉也"。诚如清人张问陶《瞿塘峡》诗云："峡雨濛濛竟日闲，扁舟真落画图间。便将万管玲珑笔，难写瞿唐两岸山。"③至于南岸以石为体的孟良梯，"乃自下而上呈'之'字形排列的正方形石孔。……实际上，这些石孔是古人架木为梯的栈道或是药农攀援采药的

---

① ［日］竹添进一郎：《栈云峡雨诗草》，日本奎文堂刊行，明治十二年（1879）。
② ［日］竹添进一郎：《栈云峡雨日记》，日本奎文堂刊行，明治十二年（1879）。
③ （清）张问陶：《船山诗草》（一），学生书局1975年版，第359页。

遗址"。①应该是人们出于对英雄人物的纪念，才杜撰出孟良于此凿孔以葬宋代名将杨继业的传说。石梯在作者眼中也俨然成为了一道"可拾而上"的隐秘风景。作者笔下的"江愈束水愈急，弩发雷轰，天地为改色"②的壮丽景观，是由于瞿塘峡"两岸绝壁陡立"的特征导致。两岸皆存的峭壁使得流于其间的水道趋于狭窄，当长江及各支流同时灌入时，就出现了江水奔腾、浊浪滔天的壮景。此段对瞿塘峡风光的描写颇为传神，既流露了作者的喜爱之情，又显示出作者的汉文修养。

顺江东下，便是三峡中最长的一段峡谷——巫峡。相比瞿塘峡的"雄奇壮丽"，巫峡以其"清秀妩媚"的姿色著称，"随他怎样的姿态，也有比拟不得的绝色"。竹添进一郎笔下的巫峡，以"十二峰"的描写最为生动、形象：

北岸则巫山十二峰，前后蔽亏，其得见者特六七峰而已。最东一峰，肤白如雪，细皴刻画，顶插双玉笋，晶乎玲珑，与云光相掩映。最西一峰，其形亦相肖。诸峰皆娟秀明媚，有鸾鸷凤鬻之态，与他山之瑰奇郁犖各自为雄者，刚柔相制，主宾相得，以成绝大奇观。宜乎古来骚人韵士，载之图画，飏之讽咏，推为名山第一也。③（三十日）

文中作者观察到巫山十二峰俱在江北岸的结论，与《巫山县志》"望霞、朝云、松峦、集仙、登龙、圣泉六峰，在县东四十五里北岸；飞凤、翠屏、聚鹤三峰，在县东四十五里南岸；净坛、起云、上升三峰，在南岸"④的记载有所出入。翻阅当今巫山县地名领导小组编印的内部资料发现，同样采纳的是"十二峰分列巫峡两岸"⑤的说法。究竟

---

① 重庆工商大学信息技术和社会发展研究院编：《重庆之最》，重庆出版社2008年版，第168页。

② ［日］竹添进一郎：《栈云峡雨日记》，日本奎文堂刊行，明治十二年（1879）。

③ ［日］竹添进一郎：《栈云峡雨日记》，日本奎文堂刊行，明治十二年（1879）。

④ 《光绪巫山县志》卷六《山川志》，《中国地方志集成·四川府县志辑》第52册，巴蜀书社1992年版，第307页。

⑤ 巫山县地名领导小组：《四川省巫山县地名录》，万县日报印刷厂，1983年，第276页。

孰是孰非？专注西南史地研究的蓝勇教授给出了答案。他通过亲身考察认为，"从历史地理学的角度来，应肯定清光绪以前的人们所确认的十二峰均在长江北岸的结论"。①这倒从侧面印证了竹添进一郎观察的准确性。文中作者用"肤白如雪"、"形似相肖"、"鸾骞凤鬐"等洗练、考究的词汇来描绘巫峡十二峰的优美形态。诸如此类形象的描述，日记中不胜枚举，展示出作者细微的观察力和高超的文字驾驭能力。竹添进一郎对巫峡的歌咏"争奇献媚看何穷，天然一幅好图画"②，写出了三峡美学的另外一番天地。

日记中关于重庆自然风光的记载，并不限于瞿塘峡和巫峡，还有对巴峡、铁门坎、白水溪等风光的精彩书写。笔者之所以以这两处为例，一是作者对其有较多的文字描绘，二来这两处风光可以作为重庆峡江风光的代表。

综上，作者用细致的观察、考究的文辞、充沛的感情描绘了重庆美好的山水风光，显示出作者深厚的汉学底蕴。重庆及长江三峡的雄奇景观给作者以惊叹和喜悦，激发了作者的创作热情。作为一个外国人，能对重庆山水风光、地理环境有如此细微的观察与描写，且用汉文艺术地表达出来，不禁让人感慨和佩服。

（二）独具特色的人文古迹

重庆是一座拥有3000年深厚文化积淀的历史名城，拥有众多名胜古迹。自古以来，文人墨客少不了对名胜古迹的探访。

二十四日，竹添进一郎一行乘船经离石镇，抵达"鬼国地府"丰都县。丰都县位于重庆东部，以"鬼道"文化闻名。作者显然深谙这一情况，日记中有记："道家以为冥狱在丰都，遂以此当之。绀壁隐约于山巅深树间，舟人曰阎罗天子所居。"③但他不语怪力乱神，对于"冥都"甚至用一种略带戏谑的口吻说道，"山下则城市烟火，依然人间世

---

① 蓝勇：《三峡历史地理考证三则》，《重庆师范学院学报》（哲学社会科学版）1995年第4期。

② ［日］竹添进一郎：《栈云峡雨日记》，日本奎文堂刊行，明治十二年（1879）。

③ ［日］竹添进一郎：《栈云峡雨日记》，日本奎文堂刊行，明治十二年（1879）。

矣"。①幽静的环境、古朴的庙宇勾起作者的诗情,并赋《丰都》诗一首,诗云:

丰都一带夕阳东,树色深笼古梵宫。
安得移身冥狱住,水明山绿画图中。②

全诗高度概括了丰都城四周的迷人景色,抒发了他的留恋之情。

之后,一行人又顺江而下,先后历经忠州(今重庆市忠县)、云阳、夔州(今重庆市奉节县)等地,记载了这一路所见的名胜古迹。

二十五日傍晚,船临近忠州,作者吟道:"斜阳映水暮烟浮,山郭凄凉气似秋。知为先贤遗爱在,荒城千古表忠州。"③忠州有石宝寨,楼阁与山崖浑然一体,有"长江明珠"之美誉。石宝寨实则是一拔地而起的大石,作者在诗中描绘道,"孤根拔地耸云表,天风浩浩吹不倒"。④该寨康熙时起建,能工巧匠依山取势构建起12层楼阁,诚如作者所言:"自趾起阁,层层为级者十一,以属巅。巅有一梵宫,磬声隐隐出自云际。"⑤12层楼飞檐展翼,层层连结,层层收缩,四周竹树荫翳,花木葱茏,天籁匠心,浑然一体。⑥由于小船"贪程",一行人并未登临石宝寨,作者深感遗憾。

船顺江流下,到了重庆东北部。位于重庆东北部的云阳县和夔州,是三国文化的重要见证地。

二十六日,途经云阳县。作者发现县城简陋且矮小,"独南岸新修张翼德祠,金碧烂然炫人目"。⑦张翼德祠即张飞庙,为纪念汉桓侯张飞而修,始建于蜀汉末年。张飞庙的"金碧炫目"同县城的"矮陋"形成

---

① [日]竹添进一郎:《栈云峡雨日记》,日本奎文堂刊行,明治十二年(1879)。
② [日]竹添进一郎:《栈云峡雨诗草》,日本奎文堂刊行,明治十二年(1879)。
③ [日]竹添进一郎:《栈云峡雨诗草》,日本奎文堂刊行,明治十二年(1879)。
④ [日]竹添进一郎:《栈云峡雨诗草》,日本奎文堂刊行,明治十二年(1879)。
⑤ [日]竹添进一郎:《栈云峡雨日记》,日本奎文堂刊行,明治十二年(1879)。
⑥ 忠县志编撰委员会:《忠县志》,四川辞书出版社1994年版,第604页。
⑦ [日]竹添进一郎:《栈云峡雨日记》,日本奎文堂刊行,明治十二年(1879)。

鲜明的对比。究其缘由，一则与巴地民间信仰有关。巴地民众崇武尚义，对张飞的勇猛、忠义甚是推崇，遂有庙宇的修建。二则，重庆府曾为蜀国统治区域，三国历史文化根底深厚。三来，清初重庆地区社会混乱，大小战乱不断，人民企图通过崇祀勇猛之人的行为实现保境安民。譬如同治《璧山县志》就曾记载巴蜀之人祭祀赵延之退敌的历史事件："（延之）以功授合州刺史兼渝、合、资、泸等州经略安抚使……后疾终于此，邑人为之立庙焉，祷有灵应。至咸通二年，夷贼攻逼州城，告神为援，贼众奔败。人见甲兵汹涌，争往驰逐，盖神之阴助也。"①张飞是三国骁勇之将，自然是巴蜀之民祭祀的对象。"桓侯庙"不仅云阳县有，从《四川通志》中可以发现，巴县、奉节县、巫山等县皆存。

二十七日，他们抵达奉节县。奉节拥有优越的地理位置，"控二川，限五溪，扼荆楚上游，为巴蜀要郡"②。此处以诸葛亮的"八阵图"和刘备托孤的"白帝城"声名远扬。作者一行"僦小舟，往观鱼腹浦八阵图，方在水底，不可见"。船夫告诉他们："天寒水落，则六十四蕝犹见其仿佛。"作者感叹"累累之石在涡回浪涌之间，经数千百年未尝转移，可谓奇矣"。③何为八阵图？作者又为何心系之？据《奉节县志》卷三十四载："八阵图，治南二里大江之滨，孔明入川时磊石为阵，纵横皆八，八八六十四垒，外游兵二十四垒，垒高五尺，相去若九尺，广五尺。"④由此可知，所谓八阵图，实则一种为作战排列的方阵。因诸葛亮的才名加上后世文人骚客的渲染，才使得其更添一种风韵，招得无数人前往驻足观赏。尤其是杜工部的"功盖三分国，名成八阵图。江流石不转，遗恨失吞吴"一诗更使其美名流传至今。作者心系"八阵图"，实则源于对诸葛亮的崇敬。我们从日记中可见到，川陕之地，古

---

① 《同治璧山县志》卷末《杂类 外纪》，《中国地方志集成·四川府县志辑》第45册，巴蜀书社1992年版，第522页。

② 《光绪奉节县志》卷四《疆域》，《中国地方志集成·四川府县志辑》第52册，巴蜀书社1992年版，第592页。

③ ［日］竹添进一郎：《栈云峡雨日记》，日本奎文堂刊行，明治十二年（1879）。

④ 《光绪奉节县志》卷三四《古迹》，《中国地方志集成·四川府县志辑》第52册，巴蜀书社1992年版，第760页。

为蜀国，竹添进一郎一路走来，曾探访汉中、四川等地的"武侯庙"、"武侯祠"、"武侯墓"，并且对武侯的事迹多有描述。

船顺江东走，江北岸耸立一山，一楼阁坐落于山巅，此处即为汉先帝托孤于忠武侯处——白帝城。作者舍舟登临朝拜。在二十八日这天的日记中，竹添进一郎写道：

一山临江而起，为白帝城遗墟。舍舟，由山后螺旋而上。殿宇巍然，旧祀公孙述，明时废之，更祀昭烈。庭中有仙人掌数株，皆高过一丈，所罕觏。殿门俯瞰瞿唐，不雨而万雷作于脚底。绕殿多老树，阴森含风，顿忘三伏之热。徘徊移时，登舟则烈日赫赫，复在洪炉中矣。①

这段文字道出了白帝城的历史沿革以及周围的幽静环境和作者的喜爱之情。

对于夔州，作者确实留恋，曾"舍舟登临"，同时连作诗两首以表纪念。一首概写夔州城的环境：

高城一片白云间，江气濛濛控百蛮。
腰下宝刀鸣不歇，乱山何处鬼门关。②

一首借景抒情表达出自己长年旅居异地的思乡之情：

鱼腹浦前风欲生，永安宫上雨初晴。
滩声高涨黄龙峡，月色将秋白帝城。
二十年来为客日，八千里外忆家情。
孤篷只趁东归水，屡向舟人问去程。③

---

① ［日］竹添进一郎：《栈云峡雨日记》，日本奎文堂刊行，明治十二年（1879）。
② ［日］竹添进一郎：《栈云峡雨诗草》，日本奎文堂刊行，明治十二年（1879）。
③ ［日］竹添进一郎：《栈云峡雨诗草》，日本奎文堂刊行，明治十二年（1879）。

竹添进一郎有些想家了。

由此，我们不能不感叹作者对于中华历史掌故的了然于心，对这些名胜古迹、山川沿革观察和记录的细致，以及对古今变化把握的准确。

（三）对近代重庆社会现象的考察

传统的游记多止于写景，常为文人雅士"吟风弄月"之作。而身为外交官的竹添进一郎的"巴蜀游"，当然不会限于览山水、访古迹、抒诗情，他对近代重庆社会民情的诸多方面进行了详细的观察与记录，给我们留下了一部描摹近150年前重庆历史状况的重要史料。

"三千年未有之大变局"使得近代中国社会面临旧风俗发生变化、新问题不断衍生的局面。这其中的变化在竹添进一郎的日记里有明显的反映。

1.礼教习俗——牌坊

何为牌坊？梁思成先生在《中国建筑史》里谈到："牌坊为明、清两代特有之装饰建筑，盖自汉代之阙，六朝之标，唐宋之乌头门、棂星门演变形成者也。"[1]作为传统礼教下的产物，它的主要功能是标榜功德、颂扬节烈、表彰忠勇、褒奖孝义。[2]巴蜀之地民风淳朴，人们耿直仗义，多忠烈之士、贞节之妇，具有旌表功能的牌坊自然修筑不少。作者刚进入重庆地界，便感叹：

自入川省，每县有德政坊，每间有节孝坊。坊皆华表，两柱刻兽，上题联句。又揭匾额，镂金施彩，最为壮丽。所费率数百千金，颂德政者多近世人。盖数十年来，风俗浇漓，循吏不易得，遇有治功稍优者，民俱推奉，必为建坊。若节孝坊，则其子若孙请诸官，官以闻于朝，合格辄赐旌表。抑亦见古今世道之变也。[3]（十九日）

文中的德政坊、节孝坊是按照牌坊的不同功能划分的。德政坊，大

---

[1] 梁思成：《中国建筑史》，百花文艺出版社2005年版，第469页。
[2] 万幼楠：《桥·牌坊》，上海人民美术出版社1996年版，第66页。
[3] [日]竹添进一郎：《栈云峡雨日记》，日本奎文堂刊行，明治十二年（1879）。

抵是为褒奖勤政为民，在治理国家和整顿地方上政绩卓著、有好口碑的文臣而建立的。①节孝坊，主要是表彰在传统的道德方面有良好表现的孝子贞妇②，是封建意识形态的具体反映，是维护封建社会统治的需要。因此，这类坊在各类牌坊中数量最多、分布最广。③故文中描绘的"每间有节孝坊"的现象，应当为当时的实际情况。

　　面对精雕细琢、镂金施彩的牌坊，作者联想到的是资金的大量耗费、社会风气的日渐浮薄。在封建社会，牌坊代表着国家的"认可"，不仅是对个人德行的赞美，更是对整个宗族美德的肯定。作为一种可流芳千古之举，牌坊的修建自然不容轻视，取得资格的地方都会倾尽全力打造一座气势恢宏的牌坊。这就注定从石材到人工，都需要消耗大量的费用。而这笔费用，除去政府少量资助外，大部分是各地自筹，人民负担自然会加重。试举一例，同治《万县志》载："旌表节孝廖正江妻刘氏、张问仁妻程氏……同治二年冬为建总坊，知县张琴给发公款银四百四十，而邑绅贺代恒捐钱四百，千万众共捐钱千余缗，于三年六月下旬落成。"④据此看，光是贞节牌坊的修建耗时都将近一年，费用又多方筹措且耗资较大，更别提功德坊、科举功名坊这类相比较之下更具"殊荣"的建筑了。到了近代，竹添还观察到"颂德政者多近世人"，"遇有治功稍优者，民俱推奉，必为建坊"⑤。这个信息折射出近代的一个社会问题，即近世牌坊的修建，显得不那么名副其实了。这与当时世风日下、各地自夸自耀的风气不无关系，使得牌坊的修建随意性更大、数量更多，违背了牌坊修筑的最初目的。作者遂感叹"古今世道之变也"⑥。为此他作诗讽曰：

---

① 宿巍：《牌坊》，吉林文史出版社2010年版，第42页。
② 宿巍：《牌坊》，吉林文史出版社2010年版，第42页。
③ 万幼楠：《桥·牌坊》，上海人民美术出版社1996年版，第81页。
④ 《同治增修万县志》卷一九《地理志 坊表》，《中国地方志集成·四川府县志辑》第51册，巴蜀书社1992年版，第129页。
⑤ ［日］竹添进一郎：《栈云峡雨日记》，日本奎文堂刊行，明治十二年（1879）。
⑥ ［日］竹添进一郎：《栈云峡雨日记》，日本奎文堂刊行，明治十二年（1879）。

>文翁黄霸无处无，德政之碑满通衢。
>口碑不如石碑美，今人应笑古人愚。
>昨日一茎生两穗，今日群虎过江逝。
>闾阎菜色非冻馁，讼庭哭声皆感涕。
>一朝解任无人说，碑字埋苔任摧折。
>石碑口碑孰为久，口碑不灭石碑灭。①

全诗流露出作者对这种行为的讥讽之情。

  另外，近世牌坊的大肆修建或与当局稳定社会秩序的目的有关。众所周知，在欧风美雨的影响下，清末中国的近代化思潮不断涌现，一部分人试图摆脱封建道德束缚，以寻求新的救国之道。牌坊具有的道德教化功能，几百年来都是规范人们行为合乎"礼法"的一种方式。曾在中国居住长达半个世纪（1861—1910）的英国圣公会传教士慕雅德就指出，"在这地域跨度如此之大的高度中央集权的国家，是儒家的道德规约和意识形态在维系和凝聚着这个国家的精神，牌坊是中国人皈依家族、乐善好施、标榜功德、臣服皇权的象征"②。这一时期牌坊的大肆修建或许正是清朝政府对反"传统"行为的一种制衡。若如此，则从侧面反映了重庆地区近代化力量影响的孕育情况。

  近世以降，由于天灾人祸，大量牌坊已被毁。据相关人员的不完全调查统计，目前重庆地区现存的各类较完整的牌坊仅13座③。昔日作者笔下"每县有德政坊，每间有节孝坊"的情景早已一去不返，因此竹添进一郎留下的记录可以在一定程度上还原当时的真实情形，成为今人了解、研究的重要参考。

---

  ① ［日］竹添进一郎：《栈云峡雨诗草》，日本奎文堂刊行，明治十二年（1879）。

  ② Arthur Evans Moule, *New China and Old: Personal Recollections and Observations of Thirty Years*, London: Seeley Jackson & Halliday, 1891.转引自丁光：《慕雅德眼中的晚清中国（1861—1910）》，浙江大学出版社2014年版，第65页。

  ③ 董红明：《巴蜀牌坊铭文研究》，四川师范大学硕士学位论文，2009年，第15—18页。

2.中西冲突——教案

作者很关注教案问题。"教会"是重庆近代史绕不开的一个话题。法国人古洛东撰写的《圣教入川记》云"一千六百四十年间，有耶稣会士利类思司铎首先入川，传扬福音"①，表明在明末就有教会势力进入川渝地区。1702年，传教司铎又在重庆城内华光楼地方建有被认为是近代重庆的第一座天主教堂及住屋②。到十八世纪初，教会在重庆迅速发展，不断吸纳教徒。仅长寿县所属的葛栏桥及附近各地，教友"已上千数之谱"。③

经历了雍正年间的禁教事件，到道光后期，西方传教士重新获得在华传教的权利。经清政府批准，最初的传教活动范围限于各开放的通商口岸。1858年签订的中英、中法《天津条约》又明确规定："备有盖印执照安然入内地传教之人，地方官务必厚待保护。"④这一条款为传教士在内陆的活动提供了法律依据。从此传教士在华的足迹再无任何区域的限制，自然会促进来渝教士人数的增加。

光绪十二年（1886）军机档载："自各国通商以来，准于各省设立医院、教堂，川省以渝为最。"⑤可知竹添进一郎游历重庆时西方的教会势力已十分庞大。这也可以从一个方面解释为什么19世纪60、70年代重庆民教关系紧张、教案频发。

自1863年重庆第一次爆发教案起，到作者来重庆之前，共计四次。从时间上看，最短的相隔两年，最长也就五年；从地域上看，不光在重庆府，酉阳、黔江等州县的民教冲突也严重。从作者日记中谈到"初余在成都，闻重庆有祆教之变"可以得知⑥，重庆发生的教案产生的影响也是较大的，周围省份都有听闻。

---

① [法] 古洛东：《圣教入川记》，四川人民出版社1981年版，第1页。
② [法] 古洛东：《圣教入川记》，四川人民出版社1981年版，第70页。
③ [法] 古洛东：《圣教入川记》，四川人民出版社1981年版，第95页。
④ 王铁崖：《中外旧约章汇编》第1册，三联书店1957年版，第107页。
⑤ 《光绪十二年七月十五日，总署收四川总督游智开支》，中国第一历史档案馆，军机档案。转引自隗瀛涛主编：《四川近代史稿》，四川人民出版社1990年版，第138页。
⑥ [日] 竹添进一郎：《栈云峡雨日记》，日本奎文堂刊行，明治十二年（1879）。

对于教案频发的缘由，作者作了分析：第一，"盖袄教之入蜀，民皆不喜"。民为何会不喜？盖自近代连续发生的中外战争，使民众的生活受到直接影响，导致他们产生了对外的排斥、仇视心态。胡绳早在《帝国主义与中国政治》中就谈到资本主义对中国的侵略，导致了中国民众排外的心理和行动的产生。①第二，"奸宄无赖之徒，争窜名于教会，恃势横暴，民益恶之"。教徒身份的复杂性也是一个因素。早期教会在教众的吸纳上不加选择，致使地方上的一些流氓、地痞依附教会，利用教会的"优势"恃势横暴，直接加重了民教间的矛盾、冲突。郑观应在《盛世危言》中也论及这类人"以入教为护符。尝闻作奸犯科，讹诈乡愚，欺凌孤弱，占人妻，侵人产，负租项，欠钱粮，包揽官事，击毙平民，种种妄为，擢发难数"②。第三，"司教者略不经意，民讼之官又不得直，由是忿懑不能平"。③清政府在处理宗教和外交事务时的软弱性，导致民教发生纠纷后，"官不过问，差不敢拿，厅属士民吞声饮恨"④。竹添进一郎的分析比较得当。当然，致使民教冲突、教案频发的原因远不止以上几点，在晚清长期生活的美国传教士卫三畏在他的《中国总论》中还罗列了较多常见因素。譬如，孤儿院孩童的隔离状态；妇女参加宗教聚会；传教士干预法律案件，包庇罪犯，互换护照；新入教者营救罪犯免于审判；传教士影响当地官员的做法；还有一点就是传教士想要土地。⑤这些因素包括竹添进一郎所梳理的，经过提炼，大致可归结为中西利益冲突、信仰及习俗的差异等方面。

竹添进一郎到重庆这一年（1876），碰巧重庆刚发生了声势浩大的"江北厅教案"。在六月二十一日这天的日记中，作者对这一事件进行了详细的记录和诠释：

---

① 胡绳：《帝国主义与中国政治》，人民出版社1996年版，第3页。

② （清）郑观应：《盛世危言》，中州古籍出版社1998年版，第165页。

③ ［日］竹添进一郎：《栈云峡雨日记》，日本奎文堂刊行，明治十二年（1879）。

④ "中央"研究院近代史研究所编：《教务教案档》3辑第2册，"中央"研究院近代史研究所，1975年，第1282页。

⑤ ［美］卫三畏：《中国总论》，陈俱译，上海古籍出版社2014年版，第803页。

至同治十二年，遂宁诸县民群起杀教徒，而今兹又有"江北之变"。江北与重庆相对，别置同知官一员。正月教徒之在江北者，放火烧民居数户，团民即捕之。既而教徒又缚纳粮厅城者三人，拔其髻，争折辱之，且死乃释之。于是四乡之民，不期而集，毁教会、医馆，并伤残教徒。远近闻风起者十余万人。二月，遂涉江南入府城，将尽火教堂以甘心焉。镇道及地方官百方慰谕，久之始退。法郎西人范若瑟司教知曲在己，执倡祸者三人献之，照例惩罚。地方官亦令团首捕致首乱者。顷之，教徒又毒于井中，以害渝州民。执而鞫之，即首服。然未至结案也。教徒之在江北者凡数千，方民逐之江南。城中教徒三百余户见民众势张甚，皆虞不能自保，乃焚所崇奉神像，更立天地君亲师位。于是比户皆放炮称贺云。①

江北厅教案肇始于光绪二年（1876）三月，一直拖到光绪四年（1878）六月方才了结。作者七月到的重庆，"打砸事件"已平息。故作者对这一次教案的了解，更多应该来自于听闻。从作者的记载中，我们可提炼出三点信息。第一，作者谈到此次事件的导火线是"教徒之在江北者，放火烧民居数户，团民即捕之。既而教徒又缚纳粮厅城者三人，拔其髻，争折辱之，且死乃释之"。其实真实情况并非如此，查询《教务教案档》发现"此案实因教民李蒸笼等平空将案外平民邓洪和等殴辱，致激众怒"。②并非教徒烧毁民居，实则是由教徒与民众发生肢体冲突，民众遭殴打凌辱引发。第二，从日记中我们可以看出，这一时期民众反洋教的方式，主要是采取暴力行为——"毁教会、医馆，并伤残教徒"。这些行为的背后更多反映的是民众的排外心理。至20世纪初，尤其是辛亥鼎革前夕，单纯的暴力事件减少，冲突的行为发生新的变化。日本学者通过对这一时期"灭清"、"剿洋"、"兴汉"等口号的分析，认为冲突行为发生变化是重庆的反洋教斗争逐渐转向了反清帝制导致

---

① ［日］竹添进一郎：《栈云峡雨日记》，日本奎文堂刊行，明治十二年（1879）。

② "中央"研究院近代史研究所编：《教务教案档》3辑第2册，"中央"研究院近代史研究所，1975年，第1115页。

的。①第三，日记传达出中外双方后经协商达成共识，试图结束纷争的信息。然而又出现新情况，"顷之，教徒又毒于井中，以害渝州民"致使众忿难平，引发声势浩大的逐教运动。笔者通过仔细考察发现日记中言之凿凿的"教徒投毒"事件，纯属虚构，全系谣言。

首先，关于这次冲突，查询清季教案的权威性史料《教务教案档》，发现无任何"投毒事件"的明文记载。通过翻阅其他相关性史料，发现的是当时衙门针对"投毒事件"的辟谣布告："因谣言四布，称歹人散置药毒，四处集团查清。殊奸民借势煽摇，乡愚易惑"。②其次，通过已有的研究可以发现，"谣言"是引发近代教案的重要因素。学者苏萍从《清末教案》等史料中选取344起案列进行量化分析，指出因谣言引发的教案高达202起，占全部教案的58.7%。③苏萍同时指出，谣言引发的教案又主要集中在四川（包含今日之重庆）、江西、广东、福建等南方地区，其原因是这些地方教堂云集，既有新教区又有旧教区。④譬如，光绪二十一年（1895），就有人捏造重庆城各教堂招募武装力量的虚假信息。巴县衙门为此还特发告示辟谣：

> 本县风闻近有玩法之徒在于茶房、酒市捏造谣言，混称现有洋兵数百欲来渝城，并谓城内各教堂每处招募数百人，藉以保卫等语，以至人心惶惶，各怀疑虑，实属不成事体。除签差查拿外，合行世禁，为此示仰□城军民人等知悉。现在民教和睦，并无嫌隙，何致有洋兵来渝？各教堂亦无招勇自卫之事，概属匪徒捏造之词。嗣后尔等各安分生理，毋再轻听谣言，致生疑忌。该匪徒等胆再敢造谣煽惑，一经拿获，定当从严惩办。各宜凛遵毋违，特示。⑤

---

① ［日］西川正夫：《四川保路运动前夜的社会状况》，转引自《辛亥革命史丛刊》编辑组：《辛亥革命史丛刊》第5辑，中华书局1983年版，第174页。
② 四川省档案馆编：《四川教案与义和拳档案》，四川人民出版社1985年版，第375页。
③ 苏萍：《谣言与近代教案》，上海远东出版社2001年版，第32页。
④ 苏萍：《谣言与近代教案》，上海远东出版社2001年版，第41页。
⑤ 四川省档案馆藏《巴县档案》：6-6-0945。

试想若无当地官员的辟谣告示，必定会酿成一起新的民教冲突。谣言对于当时信息较为闭塞的中国民众来讲，极具魅惑性。英国立德乐夫人在游历成都时发现城里贴满关于"洋鬼子拐带小孩榨油"的匿名告示，当一个在英国领事馆工作了大半辈子的中国男仆被问到是否相信时，他无法给出肯定的答复，只是用"我不知道"来回应。①与洋人长年生活在一个屋檐下的人对此等荒谬的信息都无法给出正面的回答，更不用谈其他民众。无怪乎张之洞在致傅镇台等人的电牍中感叹"闹教之匪不足虑，造谣之匪仍可虑"。②

竹添进一郎日记中关于"江北厅教案"的记载，由于未曾亲身经历，实属听人所言，故存在失实的情况。但恰是这些与事实本身有出入的记载，传递出了近代教案与谣言的关系。所以竹添进一郎未经考证的、"与史实不符"的记载，反倒揭示出历史的真实情形，只需后人稍加考证便能明了。

综上，社会风俗变化、中西矛盾频发皆为近代中国面临的突出问题，不只发生于重庆。作为西南腹地的重庆都已受到冲击，最早面临"变化"的东部、华北等地问题势必更为严重。

作者对重庆社会问题的关注远不止于此。日记还记录了巴蜀人民的宗教信仰问题、独特的居住方式（"一聚数十家，皆石上构家。石大家亦随大，不筑而基，亦一奇也"）以及水利设施等问题。

五、简要的评论

对于竹添进一郎和他的《栈云峡雨日记并诗草》，一直以来，学界更多的是着眼于其在文学史上的地位。

除此之外，《栈云峡雨日记并诗草》的刊刻发行对于我们了解近代重庆以及作者所游历过的中国其他区域的社会风貌具有较大的史料价

---

① [英]阿绮波德·立德（阿奇博尔德·约翰·立德乐）：《穿蓝色长袍的国度》，刘云浩、王成东译，中华书局2006年版，第134页。

② 苑书义等编：《张之洞全集》，河北人民出版社1998年版，第7691页。

值。首先，本书包含的内容较为广泛，既有对山川地势、名胜古迹的考察，也有对民情习俗、社会问题的记载。其次，关注的问题比较典型，比如中西冲突、社会风俗的改变，即人心的问题。这些问题都是近代华夏大地面临的"热门话题"，为当今中外关系以及社会史的研究提供了可贵资料。第三，该书保存了如马方碛、龙洞关、青石洞等已经消失的古地名。古地名代表着一座城市的符号，具有深厚的文化内涵。考察这些重庆古地名，对于我们当下挖掘城市的历史记忆有着重要的意义。

但更重要的是，我们还可以探究竹添进一郎和《栈云峡雨日记并诗草》在近代中日关系发展进程中的作用。

（一）这部著作产生在日本迫使重庆开埠的历史进程中，对近代日本侵入中国内地具有参考价值

竹添进一郎游历重庆，时在1876年。这一年对重庆来讲，是极为重要的——英国强迫中国签订了《烟台条约》，规定"湖北宜昌、安徽芜湖、浙江温州、广西北海四处，添开通商口岸。作为领事馆驻扎处所"，"四川重庆府可由英国派员驻寓，查看川省英商事宜。轮船未抵重庆以前，英国商民不得在彼居住，开设行栈，俟轮船能上驶后，再行议办"。①即英国取得了"派员驻寓"重庆和宜昌开埠等特权，规定了重庆开埠的先决条件——轮船上驶重庆。英国在帝国主义列强中率先抢占了对长江上游开发的权力。

重庆地理位置十分优越，且经济地位日益重要，因而也逐渐成为日本觊觎的对象。在19世纪70年代，日本和中国订立了《中日修好条款》和《中日通商章程》，规定两国商民准在对方指定的通商口岸贸易（中国开放14个，即：上海、镇江、宁波、九江、汉口、天津、牛庄、芝罘、广州、汕头、琼州、福州、厦门、台湾淡水；日本开放8个，即：横滨、箱馆、大阪、神户、新潟、夷港、长崎、筑地），但明定不得进入内地，包括重庆②。这当然是日本所不甘的。

---

① 王铁崖：《中外旧约章汇编》第1册，三联书店1957年版，第349页。

② 《同治条约》第20卷，第2634页，引自王芸生：《六十年来中国与日本》第1卷，三联书店1979年版，第47—49页。

竹添进一郎在重庆游历期间，中英两国正在烟台谈判。日本方面对这场谈判也颇为关注。就笔者所见，此间驻在上海的一名名为"左川宣誉"的陆军中尉，通过各种渠道打探英国与中国对开放通商口岸讨价还价的进程，相继起草并上送了两份报告。两份报告均送达日本中枢，供岩仓具视、大久保利通、大隈重信、大木乔任、寺岛宗则、伊藤博文等几位明治维新时期的核心人物参阅。①前一份提到：在谈判期间，英国提出开放宜昌、芜湖、温州、北海等四口，还提出开放以下场所，一是扩张到长江上游重庆的航权并往重庆派驻领事，一是云南……，并进一步补充道"有关以上两件（即重庆、云南两条）尚未确定"。②后一份则抄送了《烟台条约》全文并进行了一番评述，其中就说道"由此新订条约来看，约定往重庆、云南两府派驻英国官员，但此官员与领事不同，只是为了视察通商事宜"。③

1879年，《栈云峡雨日记并诗草》由日本奎文堂刊印出版。随后，日本也加入到英国强迫重庆开埠的进程之中。

1887年，英商立德乐在英国本土制造了适合川江航运的"固陵"号轮船，于1888年驶抵宜昌待发，借此迫使中国于1890年3月31日与英国签订《烟台条约续增专条》，规定"重庆即准作为通商口岸无异"，重庆成为英国在中国获得的第20个通商口岸。1891年3月1日，重庆海关成立，重庆正式开埠。

从已经公布的日本外务省档案中我们可以看到，在上述过程中，日本驻北京公使与驻上海、汉口领事始终对中英谈判的进程高度关注，对

---

① 见国立公文書館・内閣・公文録，Ref.A01100161900，第3、9頁。
② 《陆军大佐福原如胜致土方久光大史》（1876年9月29日），国立公文書館・内閣・公文録，Ref.A01100161900，第2頁左、3頁右。
③ 《陆军中尉左川宣誉致土方久光大史》（1876年9月27日），国立公文書館・内閣・公文録，Ref.A01100161900，第8頁右。

谈判内容了如指掌，并把这些情报随时报告给外务大臣与外务次官①。

1894年，日本悍然发动了侵略中国的甲午战争，打败了清政府，并强迫中国签订了《马关条约》，重庆成为中日马关谈判中日本得到的第一个通商口岸。②条约约定，"均照向开通商海口或向开内地镇市章程一体办理，应得优例及利益等，（日本）亦当一律享受"。③

当1890年英国取得重庆开埠的特权时，后起的日本还没有从中国获得片面最惠国待遇，还不能和已经取得这一侵略特权的英、法、美等国平起平坐。重庆开埠对日本来说，仍是可望而不可即的。通过《马关条约》，日本和英国一样，取得了重庆开埠的特权。条约规定日本轮船可以从湖北宜昌溯长江而上至重庆，这就大大扩展了日本侵略重庆的特权，实现了几十年来日本人梦想通航川江、上驶重庆的宿愿。

1896年2月，日本政府指派驻上海总领事珍田舍已到达重庆，向中国政府提出在重庆开设日本租界事。1896年5月，日本首任驻渝领事加藤义三到达重庆，日本驻重庆领事馆开办。1901年9月24日，日本强迫中国签订《重庆日本商民专界约书》，日本成为在重庆设立专管租界的唯一列强。

这时离竹添进一郎写下《栈云峡雨日记并诗草》已经过去了四分之一世纪。尽管我们还没能找到更多的史料来证明，但于日人得在重庆设立租界一事中，似乎总能看到这位最早进入重庆、进入中国内地的竹添进一郎和他的《栈云峡雨日记并诗草》影子。

---

① 《驻上海领事代理太田昇平致外务次官青木周藏·第九拾三号》（1887年9月30日），外务省記録，Ref.B10073384700，第0059页；《驻上海领事高平小五郎致外务次官青木周藏·重慶府開市ノ事》（1888年3月8日），外务省記録，Ref.B10073384700，第0070页；《驻汉口领事町田实一致外务次官青木周藏·重慶通ウ小蒸気船入港報告》（1888年2月20日），外务省記録，Ref.B10073384700，第0066页；《特命全权公使大鸟圭介致外务大臣青木周藏·第五拾九号信·清英続約書二関シ臨時報告相添申進ノ件·臨時報告第一百九十回（以下简称"臨時報告第一百九十回"）》（1890年8月22日），外务省記録，Ref.B10073384700，第0076/0077页。

② 《增补日中议和纪略》第1014页，转引自王芸生：《六十年来中国和日本》第2卷，三联书店1979年版，第269页。

③ 黄月波等：《中外条约汇编》，商务印书馆1935年版，第151页。

（二）竹添进一郎在日本对外侵略扩张的历史中扮演过重要角色，其1876年的中国内陆之旅是这一角色的重要部分

1880年（明治十三年）5月，竹添进一郎任日本驻天津领事官，曾与中国政府就琉球问题多次进行交涉。琉球群岛曾长期属于中国的势力范围。1879年，日本正式宣布兼并琉球群岛，派知事取代原来的琉球王，并将其命名为冲绳。中国拒绝承认日本对琉球群岛的主权。随后，中日双方就琉球的归属与划分进行了艰苦的谈判，后因无果而谈判破裂。在这一背景下，1882年，竹添进一郎在驻天津领事的任上，代表日本与清政府恢复谈判琉球问题，但仍没有达成协议。此后，琉球问题一直拖延至甲午战争。这表明，竹添在侵占中国领土问题上是站在最前面的。

1882年（明治十五年）11月，竹添进一郎升任驻朝鲜公使。1884年，朝鲜爆发著名的"甲申事变"。有史料显示，竹添进一郎为了离间朝鲜与大清国的关系，与朝鲜开化党共同策划了此次政变。尤其是竹添进一郎在11月12日就朝鲜政变问题拟定了甲、乙两案上报日本政府，甲案为日本煽动开化党作乱，由开化党引入日军，以此击退清军，而乙案则为不干涉政策，竹添还在"附言"中极力主张甲案。①后来的政变完全是依竹添的甲案而行。另外，有记录显示竹添进一郎是受到日本外务卿井上馨的指示才改变态度，与朝鲜开化党接触并支援其发动政变的。②1884年12月4日（农历十月十七日）政变爆发。在清军的强大压力下，12月6日竹添进一郎向开化党人宣布撤兵，随后率领日军退回公使馆，开化党的"三日天下"宣布终结。在整个事变中，日本驻朝鲜公使馆扮演了极不光彩的角色。因此，竹添进一郎被召回国，结束了在朝鲜的使命。

历史的演进和发生的国家大事、国际形势，不能不引起我们更深入

---

① ［日］伊藤博文编：《秘书类纂·朝鲜交涉资料》上卷《对韩策甲乙二案》，第265—268页。转引自百度百科词条"甲申政变"。

② ［日］伊藤博文编：《秘书类纂·朝鲜交涉资料》中卷《井上角五郎密书之事二通》，第54—64页。转引自百度百科词条"甲申政变"。

的思考——从重庆开埠的历史进程，再联系到竹添在天津和朝鲜的所为，从这样的视角来观察竹添进一郎1876年对中国内地的游历和他的《栈云峡雨日记并诗草》，便不难发现，作为外交官的竹添进一郎，他背负国家意志，一心为日本海外利益奔走。他1876年的中国内地之行，不能看作是一般的考察文化和了解社会，而是秉持政府旨意，服务其对华扩张国策的举动。因此，《栈云峡雨日记并诗草》就不是单纯的寄情山水、闲适抒怀之作了。尤其是他对重庆的考察，为日本开埠重庆、设立租界奠定了文化、社会方面的认知，也是了解情况、观察社会、刺探社会心理的一次行动。这便是竹添进一郎考察记录重庆社会所隐含的文化逻辑。

　　无论如何，作为汉学家的竹添进一郎，因这部堪与陆游《入蜀记》、范成大《吴船录》媲美的汉文体中国游记而载入史册，为历史学家、文学家研究当时中国社会与中日关系史提供了重要材料。

目录

重庆史就是中国史、世界史
——《全球视野下的近代重庆丛书》总序　周勇/001

近代日本外交官和汉学家的重庆认知
——以竹添进一郎《栈云峡雨日记并诗草》为中心
　　周勇　惠科/001

001　栈云峡雨日记

题辞 /002

李鸿章序 /003

俞樾序 /005

钟文烝序 /007

自序 /009

栈云峡雨日记上 /011

栈云峡雨日记下 /037

评批 /057

井上毅跋 /063

方德骥跋 /064

胜安芳跋 /065

中村正直跋 /066

冈松辰跋 /067

069 **栈云峡雨诗草**

题辞 /070

中村正直序 /071

栈云峡雨诗草 /073

附录之《乘槎稿》/109

附录之《沪上游草》/111

附录之《杭苏游草》/114

评批 /119

123 **后记**

栈云峡雨日记

笔下云烟
　　——明治戊寅冬日实美①题

民俗土宜真学问，水光山色好文章
　　——伊藤博文②

---

① 实美：三条实美（1837—1891年），日本明治时代政治家。
② 伊藤博文（1841—1909年），幼名利助，字俊辅，号春亩，后改名博文。日本近代政治家，日本第一个内阁总理大臣，首任韩国总监，明治宪法之父。

李鸿章序

光绪三年，畿辅、山西、河南饥。其明年，日本井井居士竹添进一实来，饩饥盰以粟。余既感其意而谢之，就与语，闳豁无涯涘，盖笃雅劬学士也。既乃视余《文稿》一卷、《杭苏游草》一卷、《栈云峡雨诗草》一卷、《栈云峡雨日记》一卷。读竟，叙其简端曰：古之以文章传者，得山川之助而益奇。太史公①周览天下名山大川，其文豪宕有逸气；杜子美②崎岖秦蜀，举可喜可愕之境，悉寓之于诗。盖山川之灵不能终闷，而士蕲有以自见，或抒情纪事，镵刻万汇，不获山川之助，亦无以扩其趣而孕其奇也。

居士生东国，遍游境内名山水，浮海至中华，登之罘山③，济于大河，再适吴越故墟，泛舟西湖，返过太湖之包山，北抵京师，西访洛阳、长安古帝王之都，入蜀沿江而下，至夏口，乘轮舰以达海。凡所历，太行、嵩、华、终南之高，崤函④、剑阁、栈道之险，瞿唐、巫峡、荆门、洞庭之惊湍怒涛，莫不近观遐瞩，躬揽其胜，故其文含咀道味，瑰辞奥义，间见叠出。其诗思骞韵远，摆脱尘垢，不履近人之藩，岂非以所阅者博，得山川之助者多邪？夫亦其襟抱廓然，异于人人，故能蹑屩远遨，若是之勤且果也。余又闻海东旧国，其俗近古，其传有先秦以来未见之书，其士多恢奇博辩，

---

① 太史公：司马迁（前145—前86年），字子长，西汉史学家、文学家、思想家。其著作《史记》为中国第一部纪传体通史，被列为"二十四史"之首。

② 杜子美：杜甫（712—770年），字子美，唐代现实主义诗人。后人称其为"诗圣"，其诗被称为"诗史"。

③ 之罘山：古山名。又称芝罘山，在今山东省烟台市北芝罘岛上。

④ 崤函：古地名。崤山与函谷关的合称。

往往遗世独立，徜徉岩壑，以颐其志。居士傥即其人欤？抑犹有遁迹沉影不可得而见者欤？居士其为我告之。方今两国文轨相同，往来相通，畛域之分，非复曩时比。继自今有踵居士而来游者，余将东向速客，延之上座，一叩其胸中之奇也。

大清光绪四年戊寅六月钦差北洋通商大臣太子太保文华殿大学士直隶总督一等肃毅伯加骑都尉世职合肥李鸿章[①]叙

[①] 李鸿章（1823—1901年），字少荃，自号仪叟，世人多尊称李中堂，晚清重臣。洋务运动的主要领导人之一，曾代表清政府签订了一系列对外条约。

俞樾序

文章家排日纪行，始于东汉马第伯①《封禅仪记》，然止记登岱一事耳。至唐李习之②《南行记》、宋欧阳永叔③《于役志》，则山程水驿，次第而书，遂成文家一体。然其书颇略，聊存游迹而已，未足模范山川，镌劉造化也。夫吾人北辕南柂，束囊晨征，车行则轙马铃骡，舟行则樯乌水狗，此岂细旃广厦，可以仰屋梁而著书哉？又况游览所至，未必能如惠施之载书五车自随，某水某山，不过问邮童而咨津吏，而欲考订古今，穷极原委，抑又难矣！

竹添井井以东国儒官来游中土，又非生长于斯者比。余初以为游屐经临，不过吟风弄月，排遣旅怀耳。乃读其所著《栈云峡雨日记》二卷，则自京师首途，出直隶、河南、陕西而至四川，又由蜀东下，道楚以达于吴，绵历九千余里。山水则究其脉络，风俗则言其得失，政治则考其本末，物产则察其盈虚，此虽生长于斯者，犹难言之。而井井航海远来，乃能于饮风衣日之际，纸劳墨瘁之时，历历指陈，如示诸掌，岂易言哉？是足以观其学识矣。

---

① 马第伯：东汉光武帝刘秀时的侍从官。其《封禅仪记》被认为是现今能见到的最早的游记。

② 李习之：李翱（772—841年），字习之，唐代文学家、哲学家，著有《李文公集》等。

③ 欧阳永叔：欧阳修（1007—1072年），字永叔，号醉翁，谥号文忠，北宋政治家、文学家。参与合修《新唐书》，并独撰《新五代史》等。

井井重意气，喜交游，在海外知余之名。及至中土，访余于杭州诂经精舍，不值，又至吴下寓庐春在草堂，始得修相见礼，而以此问序焉。因书此诒之。

光绪丁丑夏四月曲园俞樾①

---

① 俞樾（1821—1907年），字荫甫，自号曲园居士，清末著名学者、经学家、书法家，著有《春在堂全书》等。

钟文烝序

古来九能之士，有所谓"山川能说者"，非徒纪游历之胜，侈见闻之多，模山范水已也，盖必有关系寄托之语焉。日本竹添渐卿先生其知之矣。渐卿前以公事至京师，今来过予，出所著《栈云峡雨日记》见视，乃其去年自京入蜀一百十二日中所记也。予读之，叹曰："此非通人不能作，实于范致能①《吴船录》、陆务观②《入蜀记》之后，独开生面者。"其言有伦次条贯，视潘安仁③《西征赋》远胜。而其体物感时，笔外有笔，则更有郦善长④《水经注》之遗伟矣哉！中国能文之士，未能或之先也。抑予又有感焉。夫综览形势，而知其险易；详核古迹，而证其源流。周咨乎土风之否臧，熟察乎物产之衰旺，此皆不徒以游历见闻相夸耀者。然而学士大夫，生长中土，犹嗫嚅难言之，况异国之人乎？今观《日记》一书，叙次该悉，无美不臻，而于世道人心之故，尤三致意焉。斯其关系也大矣，斯其寄托也深矣！两卷书传，群英心折，然则古之所谓"山川能说者"，不于是乎在哉？渐卿善诗文，著述甚富。是编也，譬诸凤之一羽，龙之一鳞，可以窥见全体。于其将归，书数语质之，非

---

① 范致能：范成大（1126—1193年），字致能，号石湖居士，南宋名臣、文学家，著有《石湖集》、《揽辔录》、《吴船录》等。

② 陆务观：陆游（1125—1210年），字务观，号放翁，南宋文学家、史学家、诗人。主要作品有《剑南诗稿》、《渭南文集》、《南唐书》等。

③ 潘安仁：潘安（247—300年），字安仁，西晋著名文学家。主要作品有《闲居赋》、《秋兴赋》、《悼亡诗》等。

④ 郦善长：郦道元（472—527年），字善长，北魏地理学家、散文家，撰有《水经注》、《本志》、《七聘》等。

敢云序也。

      光绪丁丑夏四月嘉善钟文烝①书于上海敬业书院

---

① 钟文烝（1818—1877年），字殿才，号子勤，清代学者，主讲敬学书院十二年，著有《河图洛书》、《乙闰录》等。

自序

清国通货有银焉耳，有铜钱焉耳，如楮币则独翩翻于通邑大都，亦不过市井间藉以资贸易。而富商大贾拥财连肆，与绿眼紫髯之徒争巨万之利于市者，往往相望乎滨海。所出货物，常倍蓰于所入，畏负债于异邦，不啻猛兽洪水。凡诸器玩之来自海外，足以悦目适体者，如盲之于色，如聋之于音，曾不过而问焉。独船舰、火器与夫行陈之方，镕化之学，因西人所创作，渐拣而取之。方令之时，谋富强之术，盖莫善焉。

余足迹殆遍于禹域，与其国人交亦众矣。君子则忠信好学，小人则力竞于利，皆能茹淡苦考，百折不挠，有不可侮者。但举业囿之于上，苛敛困之于下，以致萎蕤不振，譬之患寒疾者为庸医所误，茌苒弥日，色瘁而形槁。然其中犹未至衰羸，药之得宜，霍然而起矣。世或有蛊惑之疾深入膏肓，而张脉偾兴，自以为强健者，令越人见之，将望色而走。以彼视之，其得失果何如耶？是观风之所以不可以已也。抑兹册子，从足之所至，目命笔应而成焉，特留鸿爪于雪泥而已，故题曰《栈云峡雨日记》。吁！栈之云，峡之雨，观风云乎哉。

栈云峡雨日记上

明治八年乙亥十一月，余从森公使①航清国，驻北京公馆者数月，每闻客自蜀中来谈其山水风土，神飞魂驰，不能自禁。遂请于公使，与津田君亮以九年五月二日治装启行，即清历光绪二年四月九日也。馆中诸友送出正阳门，至西河沿而别。君亮与余同乡，尝游米利坚②三年，颇通西籍。余初未相识，今乃缔交海外，又携手作万里游，遇亦奇矣。

三日

车马未备，顿西河沿。

四日

雇北京人侯志信为导。出西便门，门在外城西北隅。过白云观，即元太极观遗墟，祀丘真人③。建寅月十九日，都人集赛，号曰"燕九节④"。抵卢沟桥，桥长二百余步，石栏刻狮子，颇壮丽。燕都八胜⑤，"卢沟晓月"居其一焉。卢沟一曰浑河，又曰黑水河，盖挟雁门、云中、应州诸水穿西山而来，又东至永清朱家庄，汇于东淀。其上流束于山峡，势尤迅疾。既出山，地平土松，余势所激，迁徙无常。元时称为小黄河；康熙中疏浚，赐名永定河，古所谓无定河、桑干河皆是。贾岛诗云："无端更渡桑干水，却望并州是故乡。"⑥顾余在燕京，朝夕所接，皆我邦人，疾病相扶，忧患相恤，不复知身在异域也。今乃独与君

---

① 森公使：森有礼（1847—1889年），日本明治初期的外交官、启蒙思想家和教育家。

② 米利坚：指美国。

③ 丘真人：丘处机（1148—1227年），字通密，道号长春子，道教主流全真道掌教、思想家、药学家。

④ 燕九节：北京地区流行的一个纪念性节日，时在正月十九，别称烟九、筵九、宴九等。这个节日源于纪念丘处机，相传他的生辰是正月十九。

⑤ 燕都八胜：北京著名的八处景点，产生于金代明昌间。清乾隆年间御定八景为：太液秋风、琼岛春阴、金台夕照、蓟门烟树、西山晴雪、玉泉趵突、卢沟晓月、居庸叠翠。

⑥ 贾岛七言绝句《渡桑干》中句，一说作者为刘皂。

亮寥寥远行，欲无浪仙之感，得乎？宿长新店①。

五日

过良乡县②。县南三里有乐毅③墓。抵琉璃河，古圣水也，船舶辐辏，号称要津。桥侧有铁竿，长三丈许，不详为何代物。将入涿州，城东有拒马河，架石桥，长百二十丈，宏壮无比。拒马发源易州广昌涞山，东流至房山铁锁崖，分为二派。一东入涿州，合琉璃河，过新城而南；一南入涞水，经定兴，合易水，历杨村而东。二派至白沟店，又合为白沟河，汇于西淀④。宿涿州。涿州即涿鹿，黄帝故都。

六日

经定兴县。渡易水，见数马驮煤，其品极佳，易州所出。又见大车载铁，出获鹿县⑤，质良盖甲于天下，但钢则不如苏州之美云。宿北河。

七日

渡雹河，抵安肃县⑥。从此以西，绝无粳稻，以面充食。过荆轲⑦故里。渡徐河，源出五回岭，合清苑河及雹河，汇于西淀。抵保定府⑧，宿焉。保定即隋时清苑，及石晋割属契丹，曰泰州，清苑河通焉。大抵东北民惰，而土地荒芜，至此则田畴井然，老幼皆举趾。

八日

抵方顺桥，即祁水下流也，盖滱河一支。自唐县东分为广利渠，达于保定。祁水自西来注于渠，当唐县、保定之间。丐人载路，见客则遮前尾后，啾啾乞哀，如秋蝉咽树。过光武故城，谒帝尧庙。抵望都

---

① 长新店：疑为长辛店，在今北京市丰台区西南部。
② 良乡县：故城在今北京市房山区窦店村。
③ 乐毅：战国时期杰出的军事家。
④ 西淀：白洋淀，位于今河北省中部。
⑤ 获鹿县：古旧县名。治今河北省鹿泉市获鹿镇。
⑥ 安肃县：古旧县名。治今河北省徐水县。
⑦ 荆轲（？—前227年），战国时期著名刺客。曾入刺秦王嬴政，失败被杀。其事迹收录在司马迁《史记·刺客列传》之中。
⑧ 保定府：治今河北省保定市，辖境相当今河北省太行山以东，潴龙河、唐河、拒马河之间，及定兴、新城、雄昌、深泽、深县、束鹿等地。

县①，县城东隅有尧母陵。出城则大风扬尘，目眯不能视，与君亮拥被卧车中。车夫忽呼曰："清风店②至矣。"起顾车夫，则鬖面变为斑白，目光炯炯如恶鬼，不觉失笑。遂宿。晚小雨，不能润土膏。北地自去年十一月不雨，清帝遣大臣于邯郸县奉龙王庙铁牌入京，盖亲祈雨也。途上遇其至自邯郸，仪卫甚严。自发燕京，所过平原千里，弥望皆麦，长可一尺，以旱故不能条畅，然生意勃然，足观地质之美矣。

九日

过陶唐氏③故都，渡滱河，水浅欲涸。其源发于山西灵邱县高氏山，自广昌来，经倒马关，过完县④西，北入唐县界，故又称唐河。又南与滋、沙二水会为猪龙河，东汇于西淀。抵定州城，有碑，题曰"中山靖王⑤国"。过明月店，则鲜虞⑥旧都。既而得一小祠，祠前碑镌"伏羲圣里"四大字，明万历中所立，祠则佛像罗列。羲皇有知，当言吾初不识黄面客也。抵新乐县。直隶之地，多植榆、椿及枣，采其叶，和谷作粥。至此则四面荒沙，耕种无施，民命所系，专在木叶。又东北州县，概乏薪炭，掘草根以给爨炊，或拾马矢，曝干代炭以御冬。因思余客冬过山东，每寝炕上，臭秽冲鼻。问之，曰"爇马矢取暖也"。渡沙河，宿伏城驿。

十日

渡滋河，抵正定府⑦，即唐时恒州、镇州。其地当燕赵郊，多产

---

① 望都县：古县名。治今河北省卢龙县南。

② 清风店：在今河北省易县西南。

③ 陶唐氏：尧（约前2377—前2259年），中国上古时期部落联盟首领，因封于唐地（今山西太原），故号为陶唐氏。

④ 完县：古旧县名。治今河北省顺平县。

⑤ 中山靖王：西汉刘胜（前165—前113年），汉景帝刘启之子，受封中山王，谥号靖，史称中山靖王。

⑥ 鲜虞：春秋小国名。在今河北省正定县东北。

⑦ 正定府：治今河北省正定县。辖境相当今河北省无极县、晋州市以西，藁城、元氏、赞皇等市县以北，新乐、行唐、阜平等市县以南地区。

枣、梨。正定至西安府①，逾井陉而经山西太原府②，是为捷径。然险隘不通大车，故取路河南。抵滹沱河，以旱久河身尽露，所在扬尘，间有剩水，亦不濡轨。闻京畿之水，以永定、滹沱为大。

滹沱发源山西繁畤县大戏山，经太原入直隶，经平山、灵寿、正定，至衡水县，南注宁晋泊。又自泊东出，经深州至河间府③，与漳河东北渠会，入南运河。一支北出为子牙河，汇于东淀。盖北地平衍，河流所经，略无畔岸，既不能防水，又不能蓄水。故虽大川巨浸，冬春可布武而过。一遇秋霖，泛滥洋溢，襄丘陇，毁庐舍，道路为绝。若黄河，则经旬不通舟楫。余于是乎有感焉：古之善治水者，莫若大禹，而其法则在尽力乎沟洫。盖周家井田，亦不过仿之。夫井田岂必方十里之成而深八尺之洫哉？惟随地势崇庳，曲折疏凿，大以承小，以水之蓄泄为度耳。沟洫既成，旱涝有备，不待言矣！经画一定，车马不得蹂田，可以免蹈践之患，可以绝争占之端。淀则种菱藕，养鱼凫；堤则植榆柳，毓枣栗。三代之时，地饶民富，职此之由。至战国开阡陌，废沟洫，水始为害。地随咸卤，愈久愈甚，以致今日之荒芜。乃知沟洫之制，千古治水之要，亦千古治田之要也！

夫禹域河川，大抵浑浊。其多泥不独黄河，陕西之泾渭，山西之沁汾，直隶之滹沱、永定皆然。故当其涨也，浑流冲决，已涸泥淤滞塞。若使沟洫纵横相接，高下相承，涨则疏泄以供灌溉，涸则挑起以资粪养，土之薄者可使厚，水之浅者可使深。然则为今之计，亦唯在开沟洫而已矣。但北地春夏少雨，插秧概难及时，即及时亦润养不足。且土质疏松，水易渗漏，民又不喜食粳稻，故不必强为水田。若沟洫则无不可得而行者。苟数千里之广，使其有亩以树谷，有畎以理水，则水害去而地利兴，是即周家井田之法，亦大禹治水之意也。过南十里铺，宿栾城县，即栾武子④之旧封。

---

① 西安府：辖境相当今陕西省周至、铜川、渭南、宁陕等市县地。

② 太原府：辖境约相当今山西省榆次、太谷以西，至黄河东岸兴县及岢岚、岚县等地。

③ 河间府：辖境相当于今河北省任丘市以南，东光、吴桥等县以西，肃宁、献县、故城等县以东地。

④ 栾武子：栾书（？—前573年），谥曰武，人称栾武子，春秋时期政治家、军事家。

十一日

经李左车①故里，抵赵州，古赵国也。固城店即鄗城，其北有王莽②城。过千秋台，光武③即位处。宿柏乡县。北地皆白田，正定以西，田间往往凿井，深至六七丈。其引水有辘轳，有驴车，以补雨泽之乏。《易》曰"井养而不穷"，圣人教之矣。

十二日

渡泜河，抵大宁铺。以官道沙深，左折取小路。过唐山麓，任县泊在其东，相距极近。凡京西南诸水，入任县泊者十，谓之南泊；入宁晋泊者十二，谓之北泊。盖皆古大陆泽④地。余以为京畿之水，宜浚深者少，宜畅达者多。流不得畅，于是乎怒。欲杀其怒，在开沟洫；欲畅其流，在理淀泊。故沟洫之制与二淀、二泊相终始，厥功乃成。讲水利者，盖知之矣。饭于尹村。燕赵之郊，墟市萧条，其适口者，惟有鸡卵耳。抵顺德府⑤，即隋唐邢州，当四方之冲，民皆勤农，多产黄粱（粱）及棉花。府中天主堂且二十余宇，盖二京十八省，皆建教场。法郎西国人来驻，教诱袄教⑥，其用心可谓毒矣。宿南关外。

十三日

早发。尘埃未起，残月近人。经沙河，水方涸，无涓滴，沙深没轮，三马不能挽一车，更雇一马助之，始能得行。逾临洺关，抵黄粱梦镇，卢生⑦祠在焉。栋宇峻起，檐楹华彩。入门寻痕如拭，不着一尘。池水弯曲，成腰鼓状，上架石桥。过桥则杰阁三间，皆安塑像：前为吕

---

① 李左车：赵国名将李牧之孙，秦汉之际谋士。
② 王莽（前45—公元23年），字巨君，西汉外戚王氏家族的重要成员，新朝的建立者。在位期间推行新政，史称"王莽改制"。
③ 光武：刘秀（前6—公元57年），字文叔，东汉开国皇帝，谥号光武皇帝。中国历史上著名的政治家、军事家。
④ 大陆泽：古泽薮名，又名巨鹿泽、广阿泽。在今河北省隆尧、巨鹿、任县之间。
⑤ 顺德府：治今河北省邢台市。
⑥ 袄教：琐罗亚斯德教，流行于古代波斯及中亚等地的宗教，中国史称袄教。该处代指天主教。
⑦ 卢生：唐代传奇小说《枕中记》里的人物。

仙，次卢生，次卢生睡像。壁上镌诗，多可观者。宿邯郸县，即战国赵都。闻城北有学步楼，今废。

十四日

过廉颇①墓，入车骑关。关倚小丘，石多车毙。过杜村店，为蔺相如②故里。抵磁州③，多产煤。见肆上鬻土块，其色灰白，呼曰"干子"，土人和麦作饼食之。渡滏阳河，一名滏水，发源神麕山，东北流经邯郸，汇于南泊。又渡漳河，河源有二：一出山西乐平县④，为清漳；一出长子县，为浊漳。至林虑⑤北钦山口，合为一。由彰德⑥西达于磁州，北折经临漳，至广平府⑦。一支东出，入山东境，其经流北迤，岐为二：一东北经河间府，与滹沱河会；一北至冀州，汇于北泊。临漳而上，峡束水激，至成安则得地平坦，从其所如，肆然而放矣。宿丰乐镇，镇东十五里有铜雀台遗址云。

十五日

夜半起点火，蝇声如沸，诗人错作鸡鸣，亦非无谓。匆匆上车，抵彰德府⑧，河亶甲⑨居相即此地。在汉为魏郡，曹操⑩受封后，名曰邺都，前燕、北齐皆都焉。跨燕赵之郊，为中原要冲，其土宜棉花。过韩魏公⑪故里，田间唯存一小祠。魏家营⑫，曹操屯兵处。羑里⑬城在路

---

① 廉颇：战国时期赵国名将。
② 蔺相如：战国时期著名的政治家、外交家。
③ 磁州：治今河北省磁县。
④ 乐平县：古旧县名。治今山西省昔阳县。
⑤ 林虑：古县名，治今河南省林州市。
⑥ 彰德：治今河南省安阳市。
⑦ 广平府：治今河北省永年县东南。
⑧ 彰德府：治今河南省安阳市，辖境相当于今河南省鹤壁、林州、汤阴、安阳及河北省涉县、磁县、临漳、武安等市县地。
⑨ 河亶甲：商朝第十二任君主，曾北上迁都于相（今河南内黄）。
⑩ 曹操（155—220年），字孟德，东汉末年著名政治家、军事家、文学家。
⑪ 韩魏公：韩琦（1008—1075年），字稚圭，自号赣叟，北宋政治家、名将。
⑫ 魏家营：在今河南省安阳市。
⑬ 羑里：古地名，又称羑都，在河南省安阳市汤阴县北。

右，基址极小。

入汤阴县，为岳武穆①故里，后人置祠崇祀。画栋雕甍，翚飞于林表，四边丰碑森列，其镌公书大者径尺，小则二三寸，皆笔力遒美，想见其为人。其余名公硕儒题识，不可胜记，明人最多。门外安秦桧②夫妻及张俊③反接铜像，人皆唾而过焉。余尝论，使高宗无杀武穆之心，则虽有百桧，无得逞其毒。故杀武穆者非桧也，高宗也。古称父子无狱、君臣无狱，彼与君夫争曲直者，独何心哉？然则铁像之设，必非公所欲也。虽然，好忠恶奸，亦出秉彝之不可已。则此举也，与公之心并行不悖者与？抵光村铺，有嵇绍④墓。血洒帝衣，即此地。宿宜沟驿。梦寐中闻风泉喧豗声，谛之则驴马龁刍也，始知"卧闻瘦马龁残刍"⑤句之妙。北地客店，卧房与马闲相连，止隔一墙，或有别构者，亦相距不过数武，故马嘶驴鸣常起于枕上。

十六日

过端木子⑥故里，渡淇水，抵淇县。南关外有三仁⑦故里。渡卫水。卫水发源辉县苏门山百泉，经直隶浚县、滑县、内黄，过大名府⑧城南折，又东经山东馆陶县、临清州为运河，至天津三岔口，与白河合入于海。大名之洹也、淇也，皆注于卫。顺德、广平之滏阳也，漳也，皆经大陆，会滹沱，亦注于卫。古时诸侯各食其土，故《禹贡》⑨独记输贡

---

① 岳武穆：岳飞（1103—1142年），字鹏举，南宋抗金名将。死后追谥武穆，后又追谥忠武，封鄂王。

② 秦桧（1090—1155年），字会之，南宋时期著名政治人物，主和派代表，曾官至宰相。

③ 张俊（1086—1154年），字伯英，南宋将领。曾与岳飞、韩世忠、刘光世并称南宋"中兴四将"，晚年封清河郡王。

④ 嵇绍（253—304年），字延祖，曹魏中散大夫嵇康之子，西晋时期文学家。

⑤ 出自宋人晁端友的《宿济州西门外旅馆》，原文为"卧听疲马啮残刍"。

⑥ 端木子（前520—前456年），字子贡，孔门十哲之一。

⑦ 三仁：商朝末年的微子、箕子、比干三位忠臣。

⑧ 大名府：辖今河北省大名、魏县，河南省濮阳、南乐、清丰、长垣，山东省东明等市县地。

⑨ 《尚书》中的一篇。以山川等为标志，将中土划分为九个州，并对每州的自然和人文地理环境，作了简要的描述。

水道。秦汉以来，封建制废，官俸兵饷，皆仰给郡国，而运道始重矣。

汉唐都关中，东汉至晋都洛阳。当时运道，自江达淮，自淮达汴，自汴达河，而洛而渭，盖专以河为急。宋都大梁，则东南由淮入汴，西北由洛入河，而后达汴，则以汴为急。元、明都燕京。元时用海运，亦分道涉江入淮，由黄河溯至中滦，陆运至淇县，入卫河以达京师，则又以卫为急。明时疏会通河，东南重运，岁漕四百六十万石，皆由淮北、山东至临清，合卫水以达于天津。清初仍明制。此古今运道之变也。今则有火轮船，驾驶大洋，于是东南征粮多从海运，民劳除而巨费去。此又近时之一变也。宿卫辉府①。府，殷纣所都朝歌地，晋曰汲郡，后魏曰义州，唐宋曰卫州，产绢及绵绸。南关，即孔子击磬处。

十七日

发卫辉府。风雨卷沙，自窗隙乱扑，车中之尘可掬。抵新乡县，风雨愈猛，奇寒袭肌，乃顿焉。雨彻晓不止，余润入地，父老相庆曰："吾苏矣！"

十八日

雨止，晓雾塞路。驱车行数里，渐开霁，则大行山横于乾位，如列屏障然。大行起晋之泽潞，南趋宋卫，西走中条，东北尽乎居庸，绵亘数千里，随地异名，燕京所谓西山者是也。过武王同盟山②，一小丘戴木者耳。经获嘉县，渡小丹河，宿修武县。是日泥滑马痡。

十九日

道路未干。抵造店，修篁如幄。自出燕都，久与此君别，至此始见猗猗之色。又多柿树，所至卖干柿。或刮取柿霜，抟以作糖，味最美。北京所需干柿，取给于此。斑竹亦运售于北京。盖河南之地，桐、漆、桑、栗无不宜。枣二岁而实，五岁而得一石；柿五岁而实，十岁而得三石；榆一岁而盈丈，柳五岁而合围。土壤之沃如此，乃极目荒凉，岂非以人事之未尽耶？若竭栽培，树木蕃茂，则其干可以造屋，而土堲覆草，久雨屋颓之患除矣。其枝可以为薪，而拾马矢、掘草根之劳去矣。

---

① 卫辉府：治今河南省卫辉市。

② 同盟山：周武王伐纣时举行誓师的盟台，位于今河南省新乡市获嘉县。

且树根纠结，濒河之地必免乎崩溃。果实多收，凶荒有备，一举而众利得矣。行数十里，得一街市，颇殷阗，曰清化镇。

二十日

发清化镇。池沼夹道，蘋叶田田，蛙鸣满地，又有墟落隐见于绿竹间，宛然乡园风致也。过丹、沁二河。沁河自山西境南流至怀庆府①。丹河亦自山西南经怀庆府，分二支：其一南合沁水为大丹，注于河；一东经修武为小丹，至获嘉县与卫水合。怀庆府为《禹贡》"覃怀"，商"畿内"，汉"河内"地，多产蚕丝、棉花。盖河南多产棉花，而人家具机杼者百不能一，举而委之商贾，远致于江南。女工之废至此，欲富，得乎？是日始见水田，与麦陇相间，陇广田狭，广者麦已黄熟，狭者秧针抽五六寸而已。宿孟县②，北门外有韩文公③故里。

二十一日

出孟县，则黄河矣。河广十里，浊浪汹涌，使人心悸。宜矣秋潦一至，泛滥数十里，不复辨涯涘也。予客冬过蒲台④，渡黄河，广可二百尺，意谓名浮其实，至是始知物皆不可以一斑概全豹也。东南遥望嵩山，形如覆盆。嵩山在偃师县，相距且百里，群山当前，莫之能蔽，其高峻可知也。黄河之水，千里直泻，商旅避险，不见舟行，各港口唯有一二渡艘耳。

扬帆而济，雨微下。中流洪波荡舟，摇撼不已。达岸则铁谢镇也，其西为孟津。所谓河阳三城⑤，一在北岸，一在南岸，一在河中滩，三城辅车相倚。当史思明⑥据洛，李光弼⑦退守河阳，贼惮其蹑后，不能复西，陕州因得以饬戎备，而关中无虞矣。今城湮，滩亦没于水，遗址皆

---

① 怀庆府：治今河南省沁阳市。
② 孟县：古旧县名。治今河南省孟州市城关镇。
③ 韩文公：韩愈（768—824年），字退之，唐代杰出的文学家、思想家、政治家。
④ 蒲台：古旧县名。治今山东省滨州市南浦城。
⑤ 河阳三城：北魏时筑于黄河孟津两岸以及河中洲上的三座城，分别为北中城、中潭城和南城，因为在河阳县境内故名。
⑥ 史思明（703—761年），唐朝叛将，"安史之乱"祸首之一。
⑦ 李光弼（708—764年），唐朝著名将领，参与平定"安史之乱"。

不可知。出镇则光武陵，缭以垣墙，老树郁然。过陵西走为北邙山，车轮摩两崖而登。既至巅，马鬣封累累满目。汉以来，帝王、名臣多葬于此，今不详为何人陵墓。俯仰今夕，不觉泣下。陵墓之间，垦为田畴，延袤十数里，农夫皆着白布衣，望之如群鹭俯啄然。西北则沃野千里，麦陇成黄云，大行龙蟠于东北，嵩山虎踞于西南。绿林一带当前，隐见于烟霭缥缈间者，河南府①也。以日昃，疾驰入府，则街上点灯矣。燕京至怀庆，皆为《禹贡》冀州域②。此日渡河，始入豫州。周成王③营洛为王城下都，东汉、西晋皆都焉。隋炀帝④徙都于此，曰豫州。地居禹域中央，黄河界其北，连山蜿蜒东南走，山北众水皆注于河。其地产谷最多，又出绢布及绵（棉）花。其西边木材亦足给阆省之用。

近时鸦片日炽，河之南北皆种之，愈西愈多。边境僻陬之民，无不食焉。山西则不论男女，食者居十之七。盖鸦片之出，川、广、云、贵最多，而其品则云南为第一，然亦不如印度之和润。故富者必资之洋舶，一岁所费不下二十金。余闻清国民口，无虑四亿万，其食鸦片者居十之一，为四千万。再以四十之一算之，食洋品者且百万，则一岁所费二千万金。呼！亦浩矣！虽然，食之有益于身犹之可，无益无害，亦未足深咎。而鸦片之性，耗精促命，其毒有甚于鸩。吾恐百年之后，四亿万之民尽衰羸，而生类几于灭矣！为民父母者，宁可不早作之所乎哉？

二十二日

渡洛水，往观天津桥。桥下皆平沙，秋潦则水至云。桥叠石构成，望之如圆月，就之颓坏不修，行人皆自沙中过，桥上无复人迹。唐时诗人极口夸称，今则满目索寞矣。豫州之故都，曰洛，曰汴。汴四面平

---

① 河南府：治今河南省洛阳市。

② 冀州：古九州之一。指今山西和陕西两省间黄河以东、河南和山西两省间黄河以北和山东省西北、河北省东南部地区。

③ 周成王（前1132—前1083年），姓姬，名诵，西周第二任国君。曾于洛阳营造新都，以加强统治。

④ 隋炀帝（569—618年），隋朝第二任皇帝。在位期间兴科举、凿运河、建东都。

衍，特藉兵众以为卫。靖康之变①，金人长驱入汴，以无险可据故也。洛则险隘，非汴都比，然居天下之中，亦四面受敌，有守不能终日之势。李光弼去洛守河阳，良有以也。盖河北、关中能制洛之命，而洛则不得河北、关中不能自守。故"安史"以河北倡乱，洛再陷，而秦汉则以关中定三河。是豫州之大势也。

二十三日

发洛阳，抵孝水铺，王祥②卧冰求鱼处。憩磁涧③，觅稻无有。盖西北民，抟面为饼，或为馒头以充食，又食高粱，虽通邑大都，少有食稻者。即有稻，脱粟而已，又久蓄，腐臭生虫。羹则割豚肉，和油煮之。胡椒、葱蒜类亦油熬，皆不可口。酱苦酒酸，而且不易得。烧酒则所在有之，酿以高粱，甚洌。盛之盏，送炉底，上安小锅，点火然（燃）之，可以熟物。西北所树，高粱为多。盖地既广衍，又无沟渠之设，雨水稍多，田亩淹没。高粱之为物，质粗而秆长，能耐水，此其所以多种也。秆名秫秸，凡缚篱、葺屋、织席及爨炊，皆取给焉。过甘罗④墓。渡涧水，入函谷新关，地险多石，关上为新安县。函关有新旧之别。汉元鼎三年，置关于新安，为新关。旧关在今灵宝县，即秦关也。宿铁门⑤，亦无稻，杀鸡充食。磁涧以西，所过皆山，民尽力垦辟。麦之已熟者，棉麻之方秀者，青黄相错，风趣可爱。此间往往见凭险筑垒，盖边徼有警，募民间骁悍之徒，号曰兵勇，率皆无赖喜乱者。苟驾御失术，鼓噪逃窜，聚为群盗，延祸极惨。民畏之甚于虎狼，非据垒自保，无以避难也。李自成⑥、张献忠⑦辈，盖亦逃兵之尤桀骜者矣。是日，为

---

① 靖康之变：中国历史上的著名事件，直接导致了北宋的灭亡，因发生于北宋靖康年间（1126—1127年）而得名。

② 王祥（184—268年），字休徵，魏晋时期大臣。其人事后母甚谨，为二十四孝之一"卧冰求鲤"的主人翁。

③ 磁涧：在今河南省新安县东南部、磁涧两河汇流处。

④ 甘罗（前256—?），战国时期秦国名臣甘茂之孙，著名的政治家。

⑤ 铁门：在今河南省新安县西南部。

⑥ 李自成（1606—1645年），明末农民军领袖，曾建立"大顺"政权。

⑦ 张献忠（1606—1647年），明末农民军领袖，与李自成齐名，曾建立"大西"政权。

清历五月朔。

二十四日

抵石河桥。自渡河至此，往往见穴居。居在崖腹，高者去地数丈，凿崖为级以升降。抵渑池县，城西有秦赵会盟处。宿英豪，古三崤地。三崤者，盘崤、石崤、土崤也。石崤、土崤，后转为石壕、土壕，杜少陵《石壕吏》诗即是。

二十五日

发英豪①，石路凸凹，雇二壮丁以助车。抵庙高，路稍平，多丐人。宿磁钟镇。沿路多产土煤，每斤直（值）钱一文。大抵银一两换百五十文钱。

二十六日

抵陕州②，古虢国，即周召分陕处。过石桥镇，马首渐仰，十余里，忽见黄河于脚下。盖陕西之水，其大者三焉，曰黄河，曰汉水，曰西汉水。黄河自河湟而来，尽宁夏北境，贯于甘肃，由府谷北偏，南迤至华阴，合泾、渭而东，至开封东北折，经济南入于海。汉水自宁羌嶓冢③东流，又南经汉、兴境，至于湖北郧西。西汉水由秦州嶓冢西南流，合白水为嘉陵江，又西南至于四川广元。故汉水东南贯楚境之半，西汉水西南亘于全蜀，其委并注于江，皆行千里，跨数省之地，而大利害系焉。此禹域全势，陕、甘据其上游者也。灵宝县④为秦函谷地，汉曰弘农，隋曰桃林，就宿焉。陕州多石，石桥镇而西，丘阜皆土矣，亦往往有危岸绝谷。陇麦黄熟，刈者过半，而崤函之间则尚带青色，以山深候寒也。

二十七日

渡弘农涧，入函谷旧关。自此而西一千余里至陇关⑤，号为关中。

---

① 英豪：在今河南省渑池县西部。

② 陕州：辖今河南省三门峡市及陕县、卢氏、灵宝等县地。

③ 嶓冢：山名，位于现陕西省汉中市宁强县境内。

④ 灵宝县：古旧县名。治今河南省灵宝市北老城。

⑤ 陇关：在今陕西省陇县西陇山东坡。

其山不甚高峻，重叠相倚，弘农在其东，黄河带其北，古称天险，宜矣。凿山通路，车不能方轨。每里辟崖，广仅容车。两车相值，则避一过一，故车夫必遥相呼应，以为相避之地。北邙至潼关①，所至皆是。关上之山，全身皆土，不挟一石骨。垦种麻、麦，自腹至顶，无复完肤。过太子营，抵阌乡县②。沿河谷而行，沙深数尺，马屹立不进，策之，一跃而寸进，而尺，而丈，而里。抵盘豆镇，则夕阳如盘，山影蘸水，远树明灭，墟落缕缕生烟，恍然身入画中矣。

二十八日

抵潼关，《禹贡》豫、雍分界于此。山高与函谷相若，亦不著一石。土灰白色而疏松，触即崩。关门讥察极严，出护照为证。吏来见，执礼颇恭，又遣人护至西安府。初，余之发北京，衣满衣，冠满冠，为蒙古僧行脚者状，以避人指目。至此，知余为优孟。众来集观，饭店宿房，俱极杂沓，一路始多事矣。关下街衢棋布，出酱菜，名最著。出关则华山突而起，壁立万仞，绝无依傍，如插莲华霄汉，众山为千叶，环绕其趾，在五岳中最奇绝，使人颙望久而不能去。过杨震③墓，抵其讲学处，傍林带溪，别开清境，百世之下，高风可仰。宿西岳庙。

二十九日

君亮往探太华之胜，余以微恙不能俱，与志信发西岳庙。过郭汾阳④墓，小垒一拳，在池沼中，墓标欹侧，龟趺埋没，垒亦驳驳为锄犁所啮矣。华州⑤往年罹发逆⑥之灾，城市破坏，客店极矮陋，一室不能容二客。过寇莱公⑦故里，夜达赤水镇。

三十日

抵渭南县，小憩以待君亮，下午乃至。为余言太华之胜，曰："由

---

① 潼关：古地名，故址在今陕西省潼关县北。
② 阌乡县：古旧县名。治今河南省灵宝市西故阌县西南。
③ 杨震（？—124年）：字伯起，东汉时期名臣。
④ 郭汾阳：郭子仪（697—781年），唐代政治家、军事家。
⑤ 华州：治今陕西省华县西南。
⑥ 代指太平天国起义者，是蔑称。
⑦ 寇莱公：寇准（961—1023年），字平仲，北宋政治家、诗人。

西岳庙南行十里，抵玉泉院，幽邃而清丽，洞中塑陈希夷①睡像，一溪流其前，玲珑照人。沿溪曲折而上，两崖如削，路愈险，山愈深，水淙淙不绝响。行则流汗浃背，止则寒粟生肤。每五里有关，设佛像，羽流居之。隔溪危岩耸立，当中窪为洞，草卉攒生，空翠欲滴，号仙人窟。又五里，抵青柯坪，仰见西峰，峭壁如屏。自此攀铁锁四十里，始达其巅。但无导者，又乏胜具，不得已下山去。虽然，其大略则闻之矣。曰：出坪数百步，有回心石，乃攀铁锁初程也。锁尽则层崖相逼，蔽天下不尽数尺，曰千尺幢。迤而北，又一崖斜出，有磴如梯，曰百尺峡。过车箱谷，豁然得一境，如亩之出，其直中绳墨，曰老君犁沟。援锁逾沟，右耳接崖而行，曰擦耳崖。有赤白圈，高三十仞，曰日月崖。又援锁而上，曰上天梯。北折逾金天三元二洞，乱石笋立，曰升岳御道，为汉唐以来封岳旧迹。苍龙岭跃出天半，巨石耸于巅，曰龙口，亦曰通天门，即昌黎投书处。至金锁关则三峰莲瓣始分，路亦各殊，右出为西峰，左出为南峰，又左为东峰及玉女峰。取右路上数里，过西峰院，登莲花顶，有大石形如龟，名曰脚石。自西峰院循希夷避诏岩，而出于南峰半腹，至仰天池，是为华岳绝顶，即所谓落雁峰。石上有池凡三，大者径五六尺。玉女峰在东峰之背。度细辛坪，过小石硖而造焉。有玉女祠，祠东角为白马峰，顶有石，亦如龟。石上圆坎，径围可三尺，即玉女洗头盆也。玉泉院道士言如此。"

余闻之，深以不往观为恨。过新丰街②，古鸿门也。抵临潼县，夜近半，遂宿焉。

三十一日

黎明，往浴骊山温泉。泉在县城南门外，即唐华清宫遗址。结构华丽，男女异室而浴。一室在最后者为御泓，叠砖覆之，穹窿如桥。泓底敷白石，方可三十尺，莹彻可鉴，寒温适体，尝之略不觉臭味。余自发京已月余日，客店无复设浴，面腻体垢，臭秽欲呕，至此洗沐数次，殊

---

① 陈希夷：陈抟（871—989年），字图南，号扶摇子，赐号"希夷先生"，北宋著名的道家学者。

② 新丰街：在今陕西省西安市临潼区。

觉爽快。归客次，则红旭初升。辰牌①，抵灞桥②。古昔长安送行者，至此折柳为别。今犹存老柳数株，其续载者亦毵毵可爱。河底皆白沙，水行其上，如鸣环珮。古人云"诗思在灞桥驴背"③，盖不诬也。

正午抵西安府，即古长安。自周及秦汉，至苻秦、姚秦、后周、隋、唐并都于此，被山带河，所谓沃野千里，天府之国者。古者关中地专以稼穑、蚕桑为重，《豳风》、《无逸》所载可见也。今则蚕利既不太广，而农则独菽麦、高粱，亦惟翻犁播种而已。既无粪壅之功，又少锄耨之力。旧凿沟渠处或有稻田，虽其近河地，堤岸稍高，不复知有翻车引水之法也。据史，秦用郑国谋，富强甲于天下。汉唐而下，亦有开渠溉田者，皆能利民富国。故古者天下之利，多在西北。赵宋以来，专恃东南之漕，而谋不及西北，于是西北之地荒，而民日穷矣。府城规模宏壮，街市填咽。凡禹域客店，独僦卧房，而无他具。故行旅者必赍枕席衾裯，始得涉远。北地又无圂圊，人皆矢于豚栅。豚常以矢为食，瘦削露骨。有上栅者，嘻嘻聚于臀边，驱之不去，殆不能堪。此始有圂圊之设，虽不净洁，亦胜于无矣。

六月一日

以银换钱。清国通货，止银、铜二币。银铸为一块，形如舟航，重五十两，或十两。又有碎银，秤称而后行。发北京时，就兑铺买小块银，顶锐而底平，重五两，内面皆包铜，而秤之轻重亦随处有异同。市侩之奸可憎。

二日

腹痛下利。

三日

西安以西，山路峻艰，乃舍车而轿。抵渭水，帆樯相逐，欸乃交

---

① 辰牌：辰时，指上午九时至十一时。
② 灞桥：又称霸桥。在今陕西省西安市城东。
③ 晚唐宰相郑綮语。

和。渭水发源于临洮府①渭源县鸟鼠同穴山，至凤翔府②宝鸡县，始成巨浸。东至华阴县三河口，入于河。古所称"秦川八百里者"是也。咸阳以东，舟船往来，漕煤炭、米谷；咸阳以西，行舟綦少。盖陕西之船皆方头平底，无柁无篷，操手又不甚工，以其往来费时日故，行客商旅多就陆云。涉水入咸阳县，宿焉，汉渭城也。夜步月上城墙，极凉。

四日

抵兴平县，为汉槐里茂陵之地，获藕粉食之。盖捣藕为粉，渍水晒干，略如我邦制葛粉。过马嵬坡③，杨太真④墓在道右，一陇仅存，有祠萧然。是日遥望见终南山于烟霭间。盖陕省山脉，自甘肃西倾而来，为陇，为岍，据秦、宁、凤、汉之会，分为二支。其一东北出，逾凤翔为岐山，为梁山，又东为九嵕，又东北为甘泉，为嵯峨，又东为荆山。其尾为朝坂，以尽于河，皆在渭北，关中人谓之北山。一支东南出，逾宝鸡为太白山。又东为终南、秦岭，为骊山。其阳为蓝田山，又东为少华，为太华。其阳为雒山。雒山东为武关。太华之东为潼关，又东尽于河，皆在渭南，谓之南山。自西倾至太华二千余里，东西相望，南北相倚，《禹贡》所谓"西倾、朱圉、鸟鼠至于太华"者是也。宿长宁驿。

五日

抵武功县，古邰国，即后稷所封处。陕西之地如西安、同州⑤、凤翔三府，邠、乾二州，皆沃野千里，实为陆海奥区，而民少润屋者，以其止赖麦田，不讲水利，常有恒暘之咎耳。宿杏林驿，夜热甚。

六日

抵扶风县，有马伏波⑥故里。以昼间热甚，谋乘月夜行，入客馆小

---

① 临洮府：辖境相当今甘肃省临洮、康乐、渭源等县。
② 凤翔府：辖境相当今陕西省麟游、扶风、眉县等县以西，秦岭以北地区。
③ 马嵬坡：在今陕西省兴平市西马嵬镇。
④ 杨太真：杨玉环（719—756年），字玉环，号太真，唐玄宗的妃子，被后世誉为中国古代四大美女之一。
⑤ 同州：治今陕西省大荔县。
⑥ 马伏波：马援（前14—49年），字文渊，西汉末至东汉初年著名军事家，东汉开国功臣之一。

憩。已发，则阴云蔽月，终夜仍苦热。

七日

微雨数下，热犹不减。抵岐山县，为古岐周地，县治即西伯旧城。五丈原在县南四十里，君亮策马往观。盖二十五里得一深溪，广可十里，水自溪中行，即渭水上流也。水南为太白山，蜿蜒东走，其趾为高原，正当斜谷出入之冲。临水平坦数里，如筑而出者，一见知为武侯下营处。原上置侯祠。水北有一丘相对，即司马仲达①设垒处。大抵陕西少水田，独沿渭两岸皆种粳稻，相传为侯之遗法。余闻君亮言，窃有感焉。夫据蜀者战不得不于秦，非得秦，中原不可定。然而侯出兵常不能持久者，以馈运不继也，于是乎屯田于渭滨以为根据。一夕星殒，不能成其志，岂非天乎？夜发岐山，嫦娥②屏影于云间，如与人相避者。

八日

渡汧水，憩底店镇。夜半起程，月光如梦。抵渭水。盖渭水自宝鸡东流过长安北，咸阳在其北岸。故余涉渭入咸阳，左渭而西行数日，至此又涉渭南走，而与渭始远矣。立岸唤渡，夜未晨，无有应者，令轿夫代棹舟。

九日

抵益门镇，则入栈道矣。溪水自万山中来，乱石相排而出。涉溪，蹈危岸而行。一路羊肠，循山盘纡，仰视天光，如在井底。逾二里关，古大散关③也。山益峻，路益险，下则深谷千仞，奔流激射，轰雷翻云。下关十里，盲雨忽至，大如弹丸，下轿小憩。山中民多制木器，其法用圆木，长四五尺，一头插小刀，置之短柱上，引绳旋转，以木材触刀，大小圆器随手而成，与我邦箱根④驿所为酷相肖。因思前二年，出乡驱东京，冒雨逾箱根之险，与二三门生，相呼相扶而行。今乃涉万里之远，境殊俗异。而余与君亮亦皆弱质多病，侵雾瘴，蹈崄艰，其得不

---

① 司马仲达：司马懿（179—251年），字仲达，三国时期著名政治家、军事家。
② 嫦娥：此处代指月亮。
③ 大散关：在今陕西省宝鸡市西南大散岭上。
④ 箱根：日本地名，位于神奈川县西南部。

死，幸矣！度煎茶坪，雨益猛，奔云滚滚，随开随阖。须臾四面皆合，一气混茫。从足所行，路乃出，如大瀛中浮一条仙路，飞行其上者。宿东河桥，冷似秋。

十日

过红花铺。山不甚高峻，而石角嵬峨，动欲倾跌。其无石处则泥滑无以措步，舆夫窘甚。投白家店，雨彻明不止，冷甚。

十一日

抵石门关。陡崖壁立，望之如门，盖以是得名。山之右耸者，腾空而下，蜿蜒如龙，与左边一峰戴石作虎形者适相抵，如锁钥然，故又有双锁之名。关踞龙背，实栈道之咽喉也。过此，地势稍平。凤县即秦陇西地，自此以西，为《禹贡》梁州①域。阻雨，留宿。

十二日

雨。

十三日

雨止。逾凤岭②，孔道迂回，乃取捷径，极崄，后人戴前人而上。既至巅，有关俯瞰众峰，皆帖帖于肘腋下，乃知北栈中凤岭最高也。康熙中，贾中丞汉复③修治栈道，凡山肩石嘴可锻锤之者，施工通路，名曰碥路。其层峦拱峙，中夹巨流，山断崖悬者，则缘溪架木，或叠石为桥，名曰碥桥。后人立碑岭上，以颂其功。抵三岔驿，路始坦夷。过废丘关，项王封章邯处。宿南星街。

十四日

行五里，道左有碑，题"对面古陈仓道"六字。逾柴关岭，石路高峻。下阪十里，抵紫柏山，有留侯④祠，相传侯辟谷处，山邃水汇，气象深奥。庭中种芍药及他草卉，白葩红萼，鲜妍可爱。道士延升堂，具

---

① 梁州：古九州之一，指商周时期的四川盆地和汉中地区。
② 凤岭：在今陕西省凤县城东。
③ 贾中丞汉复：贾汉复（1605—1677年），字胶候，清康熙年间任兵部尚书，总制川陕。曾修复栈道，百姓感戴，现凤岭南天门仍留存贾汉复中丞德政碑。
④ 留侯：张良（约前250—前186年），字子房，西汉著名政治家，被封为留侯。

茗殕。堂后磴道盘曲，琢白石为栏，以达于巅。巅有楼，安侯受书像，曰授书楼。松竹交青，净不可唾，低徊之间，尘情顿消，真清修佳境也。宿大留坝。蕞而一小聚，亦置厅治焉。闻厅中一岁经费，率五千金，而民之所出不过二百七十金，余皆取给于京库，其土瘠民贫可知。冬天多获豹皮，极贱。

十五日

逾画眉关，乱石耸起，欲压人而坠。抵青羊铺。青羊水一名洋水，雨则涨绝路。过青龙寺，行里许，褒、斜二水相会处。经三交城遗址，出武关驿，古武休关也。又有一水，藉小艇以过。抵武曲铺，道旁大石题"千古烟霞"四字。山间有瀑，袅袅泻下，风来飐之，如撒明珠。褒之水潆则蘸蓝，奔则翻雪。奇岩怪石如蟠龙，如奔马。栈道一线，通于其间，行旅皆在图画中矣。将入马道驿，有水曰樊河。水势迅疾不可桥，横施铁锁七条，系两头于石，上排木板，亭亭悬空。徐行震撼不已，疾步则否。驿中薪樵贱如草。

十六日

过青桥驿。抵新开岭，为栈中第一胜境。山皆如巨石砌成，风箐露篸，弥缝罅隙，垂垂欲坠。其下则褒水纡曲，汇为潭者，漾青蓄碧，深不可测。沿岸皆平沙，一白如雪，与山岚水蔼相映带。水西之山有悬瀑流入褒水，架石桥曰卧龙桥。桥西为阎王碥，贾中丞锻石辟路处。盖栈中之险，有岭有关，皆以十数，而碥为之最。碥之险有"燕子"，有"火烧"，有"小鬼"，有"青石"，亦以十数，而"阎王"为之最。自中丞辟之，险变为夷。石栈如砥，置佛像焉，更名观音碥。有危岩耸自像背，横划数十丈。日光不至，水滴滴下，幽阴凄冽，夏而秋矣。崖转路回，怪石攒矗，有顶相抵者，有肩相倚者，有腹裂而喷沙者，有股跨而夺路，盘旋始能得过。抵褒姒铺，相传褒姒①生于此。经沙河，河源出褒城②西北黑滩山下，东南流。至于此，与褒、斜二水合而为汇，当雨涨则绝渡。抵将军铺，一大石屹立水中，状如兜鍪，名将军石，面镌"屹

---

① 褒姒：周幽王王后，周平王后母。

② 褒城：古旧县名。治今陕西省汉中市西北。

然砥柱"四大字。自此一蹊旋转而上，曰七盘岭。岭下二大石临溪对峙，所谓石门也。故道循麓，由石门而行。汉熹平中，杨淮①尝作颂。今则路转出山脊，雨急则瀑水四集，不可过。因新架石桥，曰天心桥。过桥，路益高峻，又无树林可荫，一步一喘，登涉之艰极矣。巅有关，曰鸡头。关前大石状如鸡头，故名。关上祀关帝，羽流设茶亭于旁，行旅咸就憩焉。隔溪，山腹有白石，莹然照映，相传为汉时山神所化。道光中，有二炼师，就关西偏，依山架木，设像奉之。过者多进香，号白石土地庙。发逆之乱罹灾，同治中再造。轮奂映日，祷福之碑，累累相依，数里不绝。甚矣，人之好怪也。出庙则眼界豁然，褒中县邑，皆集于履舄下，秦栈至此尽矣。下山七里，宿褒城县。汉中府②在褒城东十余里，实南郑也。

十七日

发褒城，抵黄沙镇。《水经注》云，镇，武侯所开，或曰侯制木牛流马于此。过旧州铺，抵何家营。沔水自营南过，隔水一山为定军，轿夫忽呼曰武侯墓。武侯墓，盖墓在山腹荟蔚间。未至沔城③五里，侯庙在焉。古柏数十株，四面垂翠，与画檐朱栋相掩映。庙中安侯塑像，葛巾羽扇，严然仪型，不觉改容。像旁有石琴，长一尺六寸而赢，径一尺，崇杀径之八而又微赢，上刻"章武元年"四字，古翠可爱，叩之清越，相传为侯所爱抚。据史，景耀六年，习隆等表请就墓立庙奉祀，以从民望，诏从之。沔阳之庙，盖始于此矣。庙及何家营旧州铺，皆为古阳平关遗址。侯经营中原，前后八年，多驻军于此。或云庙即筹笔驿④，或云行营遗址，未知孰是。陈仓道在祠东北二十里。由百丈坡而行，侯出兵散关，魏武由陈仓入蜀，盖皆从此道也。庙右数十步，有马超⑤墓。渡沔，往拜侯墓。沿水而东可十里，有堡子坪遗址，即侯旧垒

---

① 杨淮，字伯邳，东汉尚书令。
② 汉中府：治今陕西省汉中市。
③ 沔城：在今陕西省汉中市勉县。
④ 筹笔驿：古驿名，旧址在今四川省广元市北。相传蜀汉诸葛亮出师，尝驻军筹画于此，故名。
⑤ 马超（176—223年），字孟起，蜀汉开国名将。

也。过回水、青龙二桥入墓门，门中有小祠，亦安侯像。过门数十武，一土堆隆然而起，实为侯墓，墙垣围之。墓上草冷冷常湿，松柏参天，遮蔽日光。其枝下垂数十寻，翠色欲滴。墓后二桂树仅出地，则皆歧为六七，大皆数围。蜀中桂树无结子者，独此树结子云。君亮乞得数枚。

明万历中，赵健来相地势，指侯墓为伪，遂就墓后数武更立一碑，东北面，题曰"汉丞相诸葛忠武侯之墓"。按《蜀志》曰："因山为墓，不起坟陇。"《水经注》又云："因即地势，不起坟陇，惟深松茂柏，攒蔚川阜，不知茔墓所在。"夫北魏时，距侯没不甚远，而道元之言既如此，不知赵健何所据而得实之也？嗟！沔人之于侯，饮食必祭，水旱、疾疫必祷，坟曰爷坟，庙曰爷庙，历代相沿，以致崇敬，其所传必不诬也。盖侯之英灵，洋溢乎千岁，体魄所藏，冈峦环围，松柏葱蔚，望之者谁不肃然起敬？则举定军一山，皆曰侯墓，可也。若必求尺壤寸土以实之，凿矣。山下一水环绕，其汭可容万军，即黄忠①斩夏侯渊②处。顾侯与昭烈，水鱼之契，千古无比，其薨宜依惠陵而葬也，乃遗命葬于定军。后人遂言，山有王气，侯墓方绝山脉。此风水之说，固无足取焉。或以为沔古阳平，其地控三关，当蜀道咽喉，侯死葬于此，遗灵犹壮山河。是乃"风云护储胥"之说，稍为近理。然不如严如熤③之言，最为得侯之志也。曰：

高祖封汉王，都南郑，由故道度陈仓，还定三秦，是沔阳固两汉帝业所由基，昭烈之兴也。由葭萌、米仓，进营定军，馘渊走操。当时君臣，凭定军形势，慨怀先烈，昕夕规筹，为兴复大猷，则定军固侯与昭烈壮志之所寓。其后，侯奖率三军，北定中原，营于定军，申明陈法，筑城峙粮，崎岖褒斜，鞠躬尽瘁。死而后已者，侯之身；死而未已者，侯之心。埋骨故垒，丹诚耿耿。依昭烈与高帝之灵，告后人以兴复之必

---

① 黄忠（？—220年），字汉升（一作汉叔），汉末三国时期的著名将领。
② 夏侯渊（？—219年），字妙才，东汉末年著名将领。
③ 严如熤（1759—1826年），字炳文，清代地理学家，著有《汉中府志》《乐园文钞诗钞》等。

在汉川者，讵不壮哉！

夜宿沔城。

十八日

雨霏霏不已。抵沮水铺，为漾、沮二水会同处。沮水出凤县，即沔水，经老林数百里，受诸溪涧水，西流至此合于漾。漾水在宁羌大安驿北十里入沔县境，又东合玉带河，既与沮会，更挟白马、旧州、黄沙诸水，东北流为巨浸，《禹贡》"嶓冢导漾，东流为汉"是也。经青羊驿，宿大安驿。是日，道路险夷相半，沿途新秧苍翠可人。

十九日

大安至黄坝百四十里，溪涧沟渠甚多，所谓"七十二道脚不干"者。过烈金铺，路歧为二，左出走阳平关者为松龙捷径。取右路而行，抵大宽川铺。两壁相辏，视天一线，水漱足潺潺然。逾五丁关，古五丁①辟山处，岩峦陡峻，乱石嵯峨，路广不过数武。秋潦一下，波流激湍，纵横回转，行旅病于经涉。抵滴水铺。峭壁翼张，有水滴滴不绝，因得名。经溪流数道，抵浣石铺，过柏林驿，又经小河十道。宿宁羌州。是日走山岚间数十里，雨又不绝，在轿中衣襦皆湿。

二十日

冲雨发。经小河四道，过牢固关，抵黄坝驿，所谓"脚不干者"至此而尽矣。逾闵家坡，山隘而邃。次为七盘关，尤高峻。会天雨，泥深尺许，足一陷不可复拔，乃取道于山麓。自溪中行，水深没膝，舆夫躐石以取浅，左深则右，右险则左，余在舆中摇摇不已。舍正路而侥幸于危险，似智实愚矣。宿木寨山，一名教场。夜寒甚，一灯闪青明灭，觉鬼气逼人。

二十一日

出日杲杲，人马生影。过神宣驿，相传为古筹笔驿。抵龙洞背，即葱岭。有洞名曰龙洞，一水奔突，趋于洞中，有声潦然。岭上有玉皇

---

① 五丁：指古蜀国的五位大力士。

观，甍宇绀碧，隐见于林木间。循丛薄而登，以达巅。大石攒列遍地，有昂头而仰天如巨鼋者，有隆肩而曲喙如橐驼者，有如蜂房者，有如燕垒者，伛偻而跪拜者，偾起而暴怒者，面平如砥者，顶镵如笋者，钟卧者，鼓悬者，凿成七窍者，皱裂成披麻皴者，殊形诡状，备极奇观。道左又有屹然矗立如数朵莲华相附着成一大片者，高广各可三十尺，最为绝特。葱岭，古龙门阁。记之者曰："石壁斗立，虚凿石窍，架木其上，比他处极险。"①杜少陵亦云"途危石滑"。今则孔道豁开，蹈磴而上矣。宿朝天镇。镇枕嘉陵江，距昭化百三十五里。乘舟而下，一日可至，然大险矣！

二十二日

逾朝天岭，石磴盘空，为"之"字状。数步一憩，贾勇而上，前人之已远者，却来在后人头上矣。盖蜀道之难在栈，而北栈凤岭为最高峻。西栈则莫过于朝天，遍山大石，皆穿百孔，自面达背，如水波冲击而成者。隔江断崖有飞瀑数条，皆异其势。有数级相承，水循焉而散漫，如冰消段段相续飘飘于虚空者；有崖腹深陷，水自崖唇一直泻下，如万斛珠玑倾筐翻倒者，洵巨观也。沿江之山，其著者曰金鳌，曰飞仙，皆生毛而小矣。抵千佛崖②，断壁拔江而立。唐利州刺史韦杭凿为栈道，镌佛像于崖面，尔后继镌者益众。有如巨人者，有不盈尺者，有立者，有坐者，有特露头面者，有笑若謦者，有合掌者，有举手者，刻划精巧，金碧辉煌。崖尽则石柜阁，与龙门、飞仙号为三阁。阁中罗汉寺，乾隆中所创。一农夫耕于山腹，获石似神像者二十余躯，以禀官，官为募化，作寺奉之，即是。愚氓喜怪，犹可恕焉，官而诱掖之，何与？宿广元县，为古利州，西蜀之首站也。夜多蚊，初设幮。是日为清历闰五月朔。

二十三日

过榆钱铺，逾桔柏渡，宿昭化县。嘉陵江自朝天镇贯群山之间而走，以至于昭化。雨辄潦集，道之凭高者善崩，低则没水。近岁相势施

---

① 出自宋朝文学家祝穆撰的《方舆胜览》。

② 千佛崖：在今四川省广元市，四川境内规模最大的石窟群。

工,就其低,叠石成堤,就其高,伐木为埂,覆土为砑,行旅始免于患。夜有盗,夺衣物去。

二十四日

阻雨。

二十五日

微雨,发昭化,有费祎①墓。逾牛头山,屏障西南,蜿蜒而穹窿,古名天雄关,有祠祀关壮缪②。凭栏遐瞩,四壁山光,一虹烟水,宛然画图也。抵大木戍,即古白术岭,极高峻。当前崛起者为大、小剑山,层层相倚,绵延南北且百里。在南者,其铓森然指天;在北者,皆攒欹于西南。益进与山近,北者隐蔽不复见,南则陡绝如削,横划一带,高者三四丈,低亦不下于寻,望之如雉堞上插千百锋刃者。半腹以下陵夷,而大石错落,张势争雄,皆润黑作铁色。行里许,截然中断,上叠石为关,即剑关,一曰剑门,又曰剑阁。过关数百步,为姜伯约③驻军处。其下一水灕灕鸣,隔水丘上有伯约祠。过祠,入剑关驿,宿焉。是日山路极峻险,其土赤埴而滑,坦处敷石,陂则为磴,以防颠跌。余自得剑山,步步呼奇叫快,不觉轿中倾轧之苦也。

二十六日

冒雨行里许,得一山穹然而迤长,两边陡绝,巅则平坦,官道所经,有华表,揭"天成桥"三字。停轿北望剑山,其岩峣争峙者,皆成大斧劈,累累不绝。又有突起其后者,绵数百里,愈远愈峻,锋锷皆耸于云表,而向所谓雉堞则无见矣。盖关前后山势皆成剑铓,而取趣各不同,是天之所以凿一门而截断之与?宿剑州④。州城北负汉阳山,南面鹤鸣山。山左右合,而城适当其洼,狭而卑,其势宜攻而不宜守。

二十七日

过柳池沟,抵武侯坡。武侯出师常憩于此,后人因立祠焉。宿武连

---

① 费祎(?—253年),字文伟,三国时蜀汉名臣。

② 关壮缪:关羽(?—220年),字云长,三国时蜀汉大将,死后追谥壮缪侯。

③ 姜伯约:姜维(202—264年),字伯约,三国时期蜀汉名将。

④ 剑州:治今四川省剑阁县。

驿，古武功治也。北山觉苑寺，唐贞观中所创，至宋宝元始赐今名。寺有颜鲁公①"逍遥楼"三大字碑，字径且尺，笔画遒劲，真可宝也。是日，微雨。

二十八日

过上亭铺，一名琅珰驿，即明皇闻铃处。抵七曲山，有文昌庙，极闳丽。文昌不知何神，道家谓上帝命神掌文昌府事，并人间策籍。元仁宗加封"辅元开化文昌司神帝君"，其祠曰"右文成化"，世遂谓文昌实司科举柄，延入学宫。正学之不讲，人心之卑污，可胜叹哉？对庙岩上有盘陀石，相传为仙迹，亦祠祀之。祠上古柏一株，盖千年外物，无鳞甲，无枝叶，挺然矗立，若虬龙，缭以石栏。攀栏试爪，以验其枯否，觉微有津液。下山则送险亭，盖西栈之险至此而尽，所以名也。

初，余经直隶至西安，一路荒凉，稻米不易获，意谓中原、秦中而如此。蜀栈则深箐宿莽，狐兔所窟，虎豹所嗥，道途险狭，行旅皆负担而过，无由得粒食也。既入两栈，山间之地，皆垦为田圃，岩缝石罅，无不菽麦，所至鸡犬相闻，牛羊载路。路之险者，凿而辟之，栈之危者，磴而栏之，宛为康庄，两骑联而走矣。都邑则繁盛，客店则闳壮，肩舆络绎，昼夜不绝，小站亦皆炊膏粱以待客。吁！天下之事，每出意料所不及，非深于阅历者，宁可与语之哉？下古瓦关，关下有剑泉，寒冽沁骨。抵梓潼，顾望来路，惟见群山万岳翔舞于云际，恍然疑从九天飞下也。

二十九日

雨，发梓潼。剑关至此，老柏夹道，大皆十围，相传为蜀汉时所植。抵宿化铺，翠松苍竹，依依近人，又多桑树。过炕香铺，殷雷一轰，暴雨倾注。渡涪水，宿绵州②。涪水为西南巨流，砌石为堤，涂以白垩，皎然如雪。

---

① 颜鲁公：颜真卿（709—784年），字清臣，唐代名臣、书法家。唐代宗时封鲁郡公，人称"颜鲁公"。

② 绵州：治今四川省绵阳市东。

三十日

渡茶坪河。行数里，有石屹立水厓，秀耸骞举，大如一茅屋，面镌"飞云骞鹤"四大字。经皂角铺，夹路秧田，方经新雨，苍翠染衣。山回溪转，松竹深窈，茅舍八九，乍见乍隐，炊烟如带，随风摇曳。适有驱犊至者，放歌一声，响震林表，顾余而笑，岂沮溺①之流欤？过朝天寺，在古为翠望亭，因明皇得名，盖取翠华临幸之义也。县志载"陆放翁游翠望亭，读宋景文题诗"，今无所考。宿罗江县。梓潼以西多水田。其临溪者，设一大翔车，轮上逐次系数十桶，桶皆可受二升。水盈桶中，车辄翻转，致之岸上，以注于田。其距溪稍远者，凿池蓄雨，以资灌溉。大抵陕东北，土灰白而疏松，陕西南则赤埴且腻。

七月一日

抵白马关，翠柏满山，庞靖侯②祠在焉。渡绵阳河，抵德阳县。自此西南广袤千里，土厚水深，真天府也！东北环以群山，巍峨相倚；西北则一发遥翠浮于天际而已。又涉水，过小汉镇，宿汉州③。

二日

过弥牟镇，有八阵图。四旁象城门，中置土垒，高约三尺，逐序罗列，今犹存七十有一，广轮盖三十六亩而赢。有武侯祠，面八阵图，其背则镇城也。祠旁摊杂以待客者，店相属，往来成市。闻蜀中八阵图有二焉，其在夔州④鱼复浦者，盖行营布陈之遗制，所以防江路也。弥牟则为成都近郊，岂其平昔讲武之场乎？驷马桥即古升仙桥，司马相如⑤题柱处。过桥又有武侯祠，从祠前过，入成都城。

---

① 沮溺：指春秋时期的著名隐士长沮和桀溺。

② 庞靖侯：庞统（179—214年），字士元，号凤雏，东汉末年刘备帐下重要谋士，死后追赐统为关内侯，谥曰靖侯。

③ 汉州：治今四川省广汉市。

④ 夔州：今重庆市奉节县县城。

⑤ 司马相如（前179—前118年），字长卿，西汉辞赋家，著有《子虚赋》、《上林赋》、《长门赋》等。

栈云峡雨日记下

三日

过骨董铺，书画、玩具无足观者，书肆则所在布列，卧龙桥前后最多。青编、缥帙①纷纶乎庋阁间，文学之盛可知也。成都为四川治所，全省之货皆集焉。所谓四川者，盖取名于岷江、沱江、黑水、白水四大川也。九霞蔡氏②曰：

北走秦凤，有铁山、剑阁之塞；东下荆襄，有瞿唐、滟滪之险；南通六诏，有泸水、大峨之固；西拒土番，有石门、崆峒之障。山林襟束，自为藩篱，故蜀不苦外寇，然奸雄内作。悬车束马，势不相及，有难猝定者矣。要之成都，堂奥也；灌口，门户也；威、茂、松、黎，藩篱也。故剑门不足恃，而虑在松潘。松潘以孤城介蕃域，而寄喉龙州③，设为羌戎所截，则叠溪以南可建瓴而下。黎州④不足恃，而虑在维州⑤。维州在保县外不百里，维州不守则由灵关可抵雅州⑥，由草坡可抵汶川，由泄里坝可抵灌县，由清溪口可抵崇庆⑦，讵独门庭之祸哉？至若乌蒙、乌撒，蛮獠杂处，抚绥失策，易生兵衅，于叙、泸有唇齿之依，可勿慎乎？

余自秦陇经剑阁，以入于蜀，审其山川形势，深服蔡氏有获乎全蜀守御之要也。

---

① 青编、缥帙：书籍的代称。
② 九霞蔡氏：蔡方炳（1626—1709年），字九霞，号息关，别号息关学者，清初学者，著有《广治平略》、《耻存斋集》等。
③ 龙州：治今四川省平武县。
④ 黎州：治今四川省汉源县北清溪镇。
⑤ 维州：治今四川省理县东北。
⑥ 雅州：治今四川省雅安。
⑦ 崇庆：治今四川省崇州市。

盖蜀地方数千里，多产金银、茶叶、煤炭、蚕丝之类，然随地气盛衰，所出亦不能无古今之异。盐源县、会理州①皆属宁远，乾隆至道光出金银尤多。同治初，各坑皆废，二十年来无复兴其工者。云南近亦不产金银。缅甸界上或有多出者，然皆为土人所占有矣。欧洲人云"蜀西北沙中出金"，不知其果然否？茶树古称最多，明季荐遭兵祸，斫伐无余。清兴以来，荒芜日辟，多种粳稻诸谷，获利已厚，故栽茶不广也。如蚕丝不及江南之多远甚，价亦视南省所出多寡为低昂。即以极盛之年言之，转贩于他省者，不能过于十万金也。产煤之地，成都则灌县，叙州②则庆符，重庆则隆昌、永川、荣昌。其他所在有之，而以灌县、隆昌为上品，每斤价十数文。然独官吏及富者用之，众庶则皆资于薪柴。又乏栋梁之材。峻岭、悬崖或有巨木，然搬运甚艰。故成都造厦屋，多砌砖瓦，独中堂用巨木而已。药材尤推大宗，全省所出，每岁率不下百万金。大抵蜀地皆肥美，而广元、昭化、梓潼、剑州未免属下等；绵州抵省城皆上上；省城至简州、资阳为中；资州至内江、隆、荣又为上上；而永川、壁山则又中矣。民质直而剽悍，然五方杂处，匪类亦多。俗素言信佛，輓近则骎骎入于袄教，全省教会盖至数十万云。

四日

江安知县陈锡鬯来访，风采蔼然，君子人也。其父光叔先生于书无所不窥，所著有经义若干卷。当道光末年，知天下且乱，谓人曰："不出数岁，国难必起，惟楚材足以靖之。"盖楚材之尤著者为曾文正国

---

① 会理州：治今四川省会理县。
② 叙州：治今四川省宜宾市。

藩①,及弟国荃②、左宗棠③、胡文忠林翼④、罗忠节泽南⑤、李忠武续宾⑥、李勇毅续宜⑦、江忠烈忠源⑧诸公。江、罗、二李皆善用兵,常以寡破众。胡、曾、左则有雄才大略,而曾学术尤优,经学兼谈汉宋,古文亦蔚然可观。光叔先生皆夙识之。及发逆之难,数人者果相继征用,遂能荡平之。其精于赏鉴如此。锡邕,同治十二年署新繁知县,勤恤民隐,兴利除害,不遗余力。去冬交卸,士民联名请留任者数矣,格于令甲不获。回辕之日,争设红幄数十里以饯之,一时传为美谈。

五日、六日、七日

皆雨。自入蜀,雨常居十之九。询之,曰:"每岁夏天阴雨连绵。"范《记》⑨云"蜀中无梅雨",未必然也。

八日

雨止。出南门,过万里桥,行三里,谒先主庙。庙宇南向,昭烈塑像冕服当中而立,北地王⑩及关、张、庞数子陪侍左右,文武诸臣皆罗列东、西二厢,武侯则别置祠于庙后。杜诗所谓"锦官城外柏森森"者是也。庙左有一池,菡萏正华,清香袭人。沿池右折数十步,岿然一

---

① 曾文正国藩:曾国藩(1811—1872年),字伯涵,号涤生,谥曰文正,中国近代政治家、理学家。与李鸿章、左宗棠、张之洞并称晚清四大名臣。

② 国荃:曾国荃(1824—1890年),曾国藩之弟,湘军主要将领之一。同治年间,与郭嵩焘等修纂《湖南通志》。

③ 左宗棠(1812—1885年),字季高,号湘上农人,清代军事家、政治家。曾参与镇压太平天国运动及收复新疆等活动。

④ 胡文忠林翼:胡林翼(1812—1861年),字贶生,谥号文忠,晚清中兴名臣之一,湘军重要首领。曾绘制《大清一统舆图》。

⑤ 罗忠节泽南:罗泽南(1807—1856年),字仲岳,号罗山,谥号忠节,晚清理学家、文学家,湘军重要创始人之一。著有《西铭讲义》、《姚江学辨》等。

⑥ 李忠武续宾:李续宾(1818—1858年),字克惠,号迪庵,谥号忠武,晚清湘军著名将领。

⑦ 李勇毅续宜:李续宜(1822—1863年),字克让,号希庵,谥号勇毅,晚清湘军将领。

⑧ 江忠烈忠源:江源(1812—1854年),字岷樵,谥号忠烈,晚清著名将领,曾创办楚勇。

⑨ 范《记》:指南宋文学家范成大的《吴船录》。

⑩ 北地王:刘谌(?—263),蜀汉后主刘禅第五子,三国时期蜀汉北地王。

丘，翠柏苍竹，四面围绕，即惠陵也。导者曰："浣花草堂去此不远，盍往观焉？"乃出庙门，西北行五里，得浣花桥，萧然一小矼耳。

过桥数十步，入草堂寺，殿阁巍奂，像设庄严。自殿西逶迤而左，慈竹夹路，翠彻眉宇，愈进愈邃，清流屈曲，修廊相属，而杜工部祠在焉。像崇三尺许，衣冠而坐，其左边刻像石面祔祀者为陆放翁。祠西引渠成池，有鳖数十，浮出水面，见人无畏避之状。草堂寺自梁时已著名。工部流离秦陇，卜地于西枝村，将置草堂，为诗纪之，未果。乾元己亥冬，入蜀依严武①，其居适与寺邻，遂名为草堂。今祠所在即遗址也。

归途过青羊宫，规模极大，中设剧场，商贾云集，百货山积，人雷汗雨，殊为可厌。支机石在满城君平街焦家巷，崇四尺余，广二尺五六寸，厚可一尺，面平而顶斜杀，黝然淡黑，不过一顽石也。乃相传以为天上物，立祠奉之。人情喜诞，往往乃尔。问跃龙池，废已久。相如宅亦存名而已。盖蜀地经张献忠之乱，文物荡然，遗迹旧踪，无从考究。其存于今者，概属后人模拟云。

十一日

议买舟东下。时水大涨，江路危险，乃取陆路。会陈锡鬯趋重庆府②，因约与俱。卯牌③发锦城，路上甃石，平坦如砥。过大面铺，宿龙泉驿。

十二日

发龙泉，山坡联属，但不高峻耳。逾山泉铺，大雾起于巨壑，倏忽四塞，数步之外，不辨人马。抵石桥铺，街市颇繁盛。沿雁江而行，过古折柳桥，为唐刺史雍陶题名处，今则桥已废矣。路左右橘树遍野，累累结子，如缀碧玉。宿简州④。是日行程为七十里，其实可百里。盖山巅水涯，夷险不一，故里程不无伸缩，所至止记大数耳。

---

① 严武（726—765年），字季鹰，曾任成都府尹兼御史大夫，与杜甫关系密切，常以诗歌唱和。

② 重庆府：治今重庆市渝中区。

③ 卯牌：指早晨五时至七时。

④ 简州：治今四川省简阳市西北。

十三日

过林江寺，宿资阳县。蜀中多产蔗。蔗有二种，紫色者少液，只供咀嚼；青者以制糖，糖价极廉。成都至重庆即川东官道，而道路、桥梁修治殊至，田野辟开，邑里殷富，非复川北之比。客店大者可容千人，店中或有设剧场者。

十四日

侵晓发。市声未嚣，棹舟济雁江，残月在水，凉气可掬。宿资州，即汉时资中县。城北有凤跃旧迹。

十五日

过唐明渡，即珠江也。将入银山镇，断岩屏立，刻明人诗数章。松柏垂荫，一蹊从其下过，不风而冷。宿内江县。

十六日

路右多盐井，皆深约二三百丈，广不过尺。汲井之方，巨竹穿节，接数竿为一长筒，底施兽皮，以深插水。水排皮上，涌填筒中，便引出之。皮乃塞底，而水不漏。有一大篾系筒，袅袅不绝，远接于车，以绕车轮。牛挽车转，筒则冉冉出井，牛又逆行，放筒下井。盖牛之行有顺逆，而筒之出井缓，其放之也急，以轻重不同也。筒已出井，有槽承水，以笕注锅中，煮之为盐，每斤价七八文，至宜昌则三倍矣。盖禹域之出盐有数种，其煮海而成者，蓟、辽、山东、两淮、广南、闽、浙是也；挹井者，蜀及滇、黔是也；沃水于土，或值雨过，盐气自然渗漉，因煮之而成者，河北营、并是也；崖矶崔巍，雨淋日炙，自然而成者，阶、成、兰、凤是也。若夫巴东朐䏰①井，水凝成盐，当中突起，四边渐平铺，如张伞状。解州②则薰风自南，一夕即成盐。此其大略也。

盐有定例，凡沿海州县及有盐井、盐池者，皆听民煮之，官出帑收买，户部乃给盐引于商，就场照引受盐，又必掣之于批验所。故受盐多寡，皆可按引而知，其运贩亦随引所定，各异其地，谓之官盐。若一犯界，即为私盐。夫分疆画地，不得引与地相乖。于是乎近楚者不得食于

---

① 朐䏰：古县名。治今重庆市云阳县东。
② 解州：治今山西省运城市西南解州。

楚，近蜀者不得食于蜀，而私贩起矣。且盐商，各衙门皆有额规，不得稍有亏欠，加之地方文武官吏，诛求无算，各项费用，尽资之于盐，故官盐必昂于私盐。此私贩之所以日盛而不可禁，官盐之所以壅滞而亏于课额也。唐刘晏为转运使，用榷盐法，以为官多则扰民。于是于出盐之乡，独置吏及亭户榷盐，转鬻之商，任其所之。旧时诸道有榷盐钱，商舟所过有税钱，悉奏罢之。是法颇善，但置吏贩鬻，尤易启弊窦。余则以为凡产盐之地，计置灶若干，出盐若干，以收其税，听商民就场卖买，随便转贩，不必给引，则商民均赖其利，官亦庶免乎亏盐课之忧矣。买舟下珠江，三十里抵碑木镇。复舍舟而轿，经双凤驿，过银匠街，宿隆昌县。县多出绨绤，价极廉。

十七日

过李市镇，稻花方秀，清香冉冉，送人不绝。宿荣昌县，夜热如蒸。

十八日

戴星而发，避热也。经邮亭铺，宿永川县。苦热，通夕不寐。

十九日

蓐食上程，过马方硚，宿来凤驿。自入川省，每县有德政坊，每间有节孝坊。坊皆华表，两柱刻兽，上题联句，又揭匾额，镂金施彩，最为壮丽。所费率数百千金，颂德政者多近世人。盖数十年来，风俗浇漓，循吏不易得，遇有治功稍优者，民俱推奉，必为建坊。若节孝坊，则其子若孙请诸官，官以闻于朝，合格辄赐旌表。抑亦见古今世道之变也。

二十日

夜晚半出店。过浮图关，山峻轿危，轩则朝天，轾则俯地，残梦屡惊。比天明，雨点点下。经白市驿，入龙洞关，满山奇石，皆成浅白色，累累叠起，如波涛之涌。抵劳㳔铺，雷㴦两急。循峻阪而下，则俯瞰大江，右挹江光，左掖山翠。东走数十里，抵重庆府。府依山为城，高而长，如大带拖天际。蹑磴而上百八十余级，始至城门。又历九十余级，乃出街上。范《记》云："盛夏无水，山水皆有瘴。"询之，曰：

"瘴气大减于昔时，但井不可食，特充洗涤之用而已。"

二十一日

清历六月朔也。初，余在成都，闻重庆有袄教之变，至则已平矣。盖袄教之入蜀，民皆不喜，而奸宄无赖之徒，争窜名于教会，恃势横暴，民益恶之。然司教者略不经意，民讼之官又不得直，由是忿懑不能平。至同治十二年，遂宁诸县民群起杀教徒，而今兹又有"江北之变"。江北与重庆相对，别置同知官一员。正月，教徒之在江北者，放火烧民居数户，团民即捕之。既而教徒又缚纳粮厅城者三人，拔其髯，争折辱之，且死乃释之。于是四乡之民，不期而集，毁教会、医馆，并伤残教徒。远近闻风起者十余万人。二月，遂涉江南入府城，将尽火教堂以甘心焉。镇道及地方官百方慰谕，久之始退。法郎西人范若瑟司教知曲在己，执倡祸者三人献之，照例惩罚。地方官亦令团首捕致首乱者。顷之，教徒又毒于井中，以害渝州民。执而鞫之，即首服。然未至结案也。教徒之在江北者凡数千，方民逐之江南。城中教徒三百余户见民众势张甚，皆虞不能自保，乃焚所崇奉神像，更立天地君亲师位。于是比户皆放炮称贺云。

二十二日

嘉陵江来注于江，自是江势益壮。余将买舟，属陈锡邕听采。凡船上设舱榍、窗棂者曰"舿子"，供行旅寄载。其无之者，大曰"五板"，小曰"三板"，皆装载货物，客亦得就搭焉。适有一大船装盐趋宜昌者，锡邕劝余附载。乃告别锡邕，相揖而祝曰"一路平安"，盖是邦送行常语也。嗟！余自入蜀，即纳交于锡邕，肝胆相投，事辄咨询，依以为西道主人，锡邕亦自任不辞。今乃遽然分袂，真所谓"别离已异域，音信若为通"①者。口叙常语，而诚发自中，黯然久之。遂自东门乘脚艇，顺流而下。

盐船大受十四万斤，入水甚深，以故泊在下流滩深处，距城十五里。就迁则日已中矣。下午拔锚，船上橹一、桨四，皆须七八人之力方

---

① 出自唐朝诗人王维的《送秘书晁监还日本国》诗。

得操之。一长年执大竹条，左右指挥，勃如忿，口角吐沫，声如洪钟。舟人或懈，辄号呼挞背，皆隐然坟起，成紫黑色。顷之，创痕层层交背，旁观亦为酸鼻。泊何家嘴，一名唐家沱。

初陆行，每宿苦虫，不能安眠。虫色浅红，扁而圆，微成三棱，名曰臭虫，不洁之所生也。以其伏于卧坑，又曰坑虫。昼间无见，至夜就寝，四集嚼肤，随成微肿，痒不可堪。搔之见血，寻结痂，经月不痊。及上舟，始免其厄。后闻虫性怯油，寝藉油布则无患。

二十三日

舟初入巴峡，沿岸有石山，有土山。土山率垦为田，民皆就家焉。鱼子沱北岸一小聚，人家且十余户，并在一磐石上。过草峡，山中多出煤炭。泊施家沱，已暝。山上新月纤纤画眉，离鸾入梦矣。

二十四日

过李渡，一聚数十家，皆石上构家。石大家亦随大，不筑而基，亦一奇也。过涪州①，城市整齐，山容亦嵬峨争献奇。伊川程先生②尝谪焉，《易传》之著实成乎此。想像高风，不堪钦仰。城东有一河，舟人云"舟楫能达于思南府③"。经离石镇，抵丰都县。道家以为冥狱在丰都，遂以此当之。绀壁隐约于山巅深树间，舟人曰阎罗天子所居。山下则城市烟火，依然人间世矣。泊马唐湾。涪州至丰都，皆得瑰岩怪石为奇，否则凡山耳。

二十五日

过铁门坎，急湍激荡。忠州④在南岸，满目荒凉，殊无足观者。抵旧忠州，方溪自南来入于江，水势颇紧。过石宝寨，一大石四面削成，矗立三十余丈，自趾起阁，层层为级者十一，以属巅。巅有一梵宫，磬声隐隐出自云际。以舟行贪程，不得一登，可憾。过武林关，抵双渠

---

① 涪州：治今重庆市涪陵区。

② 伊川程先生：程颐（1033—1107年），字正叔，世称伊川先生，北宋理学家、教育家。著有《周易程氏传》《易传》等。

③ 思南府：治今贵州省思南县。

④ 忠州：治今重庆市忠县。

子，漩涡叠起，舟所掀舞，一再转才得出。泊仰渡，夜热甚。

二十六日

过胡滩，水势漫缓，不复觉危险也。白水溪自南来，有一大盘石障之。水自石背散漫而下，旭日映射，荧乎璀璨，晒冰绡，摧玉帘。自此而东，奇石满江。大者如飘大旌，如筑层楼；长者跨于数里，如桥梁，如堤防。两岸之山，亦坯如皱如，愈出愈奇。舟行迅疾，左右顾盼不暇。至万县①，县城人烟稠密，颇为殷富。将入巴阳峡，乱石堆叠，长数百丈，蜿蜒如龙，曰龙蟠石。水束而逼仄，入峡益窄，若二大舟来遇，各桨相搪不可过也。云阳县城市矮陋，独南岸新修张翼德②祠，金碧烂然炫人目。过半边滩，舟又遇涡掀舞者三。泊庙溉子，亦热甚。

二十七日

过三块石，以三大石束水得名。抵灵姑洗，盘涡荡舟。过安平驿，抵漫里三沱，舟又掀舞者数矣。抵夔州，街上人家多茅茨，瓦屋仅居十之一。同治九年，江大涨，城上水深丈余，南门漂去，居民避水门上者，皆葬于鱼腹。今未能复旧观也。盖城壁高于江面七八丈，而水出其上，数百年来所未尝有云。大抵每岁夏秋，水长数丈，今兹则否，亦幸已。然昨来见舟船触礁破坏者再矣。吁，险矣！而古人云未如人情之最险，果然耶？夔州，《禹贡》荆、梁二州之域。过此则荆州也。

二十八日

僦小舟，往观鱼复浦八阵图。方在水底，不可见。舟人云："天寒水落，则六十四蕸犹见其仿佛。"夫累累之石，在涡回浪涌之间，经数千百年未尝转移，可谓奇矣。先儒刘隅③谓：

浦之上有溪，引江涛以趋北崖。岸有土壤易崩，故江涨则益趋之。唯浦隆然介其中，盘错郁结甚固。浦下则束以瞿唐，镇以滟滪。江流抗于吭嗌，漫漶而回，延汇于数沱。此浦又在回沱之曲，正其旋缓歇薄之

---

① 万县：古旧县名。治今重庆市万州区。
② 张翼德：张飞（？—221年），字益德，三国时期蜀汉名将，死后追谥为桓侯。
③ 刘隅：明嘉靖年间进士，后任右佥都御史，博学工文，所著文集有《治河通考》等。

会，而荡激冲撼之所不及也。故瞿唐不划，滟滪不拔，则石无可转之期。

此论明确，足以破千古之惑矣！

一山临江而起，为白帝城遗墟。舍舟由山后螺旋而上，殿宇巍然。旧祀公孙述①，明时废之，更祀昭烈。庭中有仙人掌数株，皆高过一丈，所罕觏。殿门俯瞰瞿唐，不雨而万雷作于脚底。绕殿多老树，阴森含风，顿忘三伏之热。徘徊移时，登舟则烈日赫赫，复在洪炉中矣。

二十九日

抵瞿唐口。滟滪堆屹立于江心，嵚崖峉崿。望之如乱石层累而成者，其实一大石也，是为大滟滪。稍近北岸，双石对峙，与大滟滪遥成鼎足状者，为小滟滪。冬时水落，环堆石礁簇出者六七，舟曲折缝其间而行，极为危险。夏秋水涨，则并三堆皆在二丈水下矣。今夏水不甚长，滟滪出江面二丈余，于水候为最好，然犹大涡汹涌，势甚急疾，舟人必随涡委曲而过。入峡则两岸绝壁陡立，有石破天惊之势。其近水处，层层擘裂，如剖莲囊。诸山皆以石为体，其色有粉壁者，有赤甲者，随色各得名。又有叠成数十级如可拾而上者，曰孟良梯；如象鼻下向欲饮于江者，曰石鼻子；头戴圆石，欲坠不坠者，曰擂鼓台；岩腹有洞，如并悬日月者，曰男女孔。其他成形取势各不同，非笔墨所能悉也。悬岩凹处或有蓄一撮土，种以谷苗，皆倒生，如头发鬖鬖下垂者。风箱峡岩上，穴居者数户，与木客相距盖无远矣。过此则有大石，横排而左右出。江愈束，水愈急，弩发雷轰，天地为改色，为黑石滩。至大溪口则山稍豁开，舟路之险亦纾矣。大抵峡中有滩处，大涡磅礴，转毂翻轮，江流为之激荡，水面高低不一，所以为大险。过荒滩，盘涡折柁，泊巫山县修之。县城在北岸山腹，去夔州百二十里，街市萧条，亦遭同治水灾而然。夜月鲜明，望巫峡诸山，秀翠如画，神魂爽越，已在十二峰之上矣！

---

① 公孙述（？—36年），字子阳，汉末蜀王。

三十日

行半里，将入巫峡。北岸有神女庙，据范、陆二《记》①，庙本在巫山凝真观，盖后人迁之也。已入峡，滩势不如瞿唐，然亦为险恶。夹江之山，皆峻绝摩空，草卉掩生，其间垦为田者，比瞿唐为多。抵青石洞，人家可十户，聚为邑居。北岸则巫山十二峰，前后蔽亏，其得见者特六七峰而已。最东一峰，肤白如雪，细皴刻画，顶插双玉笋，晶乎玲珑，与云光相掩映。最西一峰，其形亦相肖。诸峰皆娟秀明媚，有鸾骞凤翥之态，与他山之瑰奇郁嵂各自为雄者，刚柔相制，主宾相得，以成绝大奇观。宜乎古来骚人韵士，载之图画，飏之讽咏，推为名山第一也。大约巫峡之山，顶锐而脚少奓张，其绝壁断崖多在肩以上。瞿唐则自水面陡立，腹背以上，斜杀而生毛。且巫之山，秀媚而郁嵂。其秀媚者如淑女之贞静端正，顾盼含态，郁嵂者如伟丈夫衣冠俨然尊瞻视。瞿唐则猛将临阵，眦裂发竖，可望而不可狎。盖巫峡能兼瞿唐之奇，而瞿唐不能有巫峡之富。二峡之优劣，于是而判矣。岩间处处有悬泉，其多不可得数，謖謖有声，如闻松风。抵皮石，即楚蜀过脉处。南岸有小聚，茆舍瓦屋相间，颇楚洁，可就而买醉也。舟行一转，忽得奇岩，曰铁棺峡，以形似得名。不知何物黔仙，藏体魄于绝壁，千年不朽，以云烟为墓田，猿鹤为吊客，使过者不觉仰首惊叹也。经南木围，抵广东沱。去巫山县百十五里，巫峡至此而尽矣。大抵上峡之舟，皆候风挂帆，又有数十人牵之，蹈悬崖而行。遇路绝不可行者，辄皆上舟，荡桨摇橹，经数刻仅能进寸。而下滩之舟则一瞬千里，快如奔马。但覆败之患，常不在寸进而在快奔，静观者盖知之矣。

将抵巴东县，雨忽至。回顾峡中诸山，出没于云际，如举手送行，依依惜别者。朝来天阴，然诸山无一点云翳，得纵揽神秀之美。至此为云为雨，相送不已。神女岂有情乎？不然宋玉②之言欺我也。小泊巴东，亦圮于水，城郭未经修筑，尤为荒寂。寇莱公祠及白云观，皆鞠为茂草，遗迹不可考，独秋风亭仅存基址云。下午发舟，至牛口雨晴。云

---

① 范、陆二《记》：指范成大《吴船录》及陆游《入蜀记》。
② 宋玉：战国时期楚国辞赋家，流传作品有《神女赋》、《风赋》、《高唐赋》等。

冉冉卷而上，山翠如染，斜日映之，风景可画。过巴斗，大涡巨浪绕舟而起，使人瞿然。抵石门关。关在北岸，凿崖为磴道。道旁土皆深黑色，有颓乎崩者，有岿然崇者，一望如泼墨。询之，土煤也。盖巴东而东，多产土煤，比煤炭火力差劣，又无烟气。注水填之竹筒，捣实而出之，如圆墙状。每墙重一斤，兑钱一文。过业滩，雨又大至，遂泊，篷滴终夜不绝。

三十一日

欸乃一声，红暾①跳于波上。岩间残溜，悬为飞瀑，戛玉散丝，玲珑可爱。过叱滩，入人鲊瓮②。乱石排水面，大者如冈阜，小者如剑铓，忿迅争耸，与水相搏，涛澜奔跳，随处作盘涡。舟掀舞于其间，不当一槁叶。舟人极力荡桨，适左舷两桨触浪而折，急移右边一桨代之，务随浪旋转。又遇大涡相蹙，舟胶定不动，众皆失色，有宣佛号者，有投糈祷江神者，相与出死力。拮据久之，始得能出险，皆额手称庆。盖峡中滩险以十数，而无过于此滩者。称曰人鲊瓮，果不虚也。

归州③城在北岸，阛阓颇觉殷盛。过香溪入江处。香溪发源昭君村，至此入于江。抵兵书峡，两岸奇峰对峙，直上逼霄汉。南者虎蹲，北者龙跃，而龙腹背皆悬白帝。其下绝壁有小窍，高于水面五六丈。窍中如积书状，舟人云即兵书也。上古邈矣，或大禹治水时，藉以镇罔两耶？将圯上老人避秦火秘于此耶？何藏之密，而锁之固也？抵新滩，亦险恶。水落则石耸湍激，疾如建瓴，往往不免于覆没。是日水势缓漫，舟人鼓桨而过。入马肝峡，北岸削壁数仞，当中有石下垂，黝黑而微润，状如肝脏，分六叶者，所以得名。石下又有一孔，小石蹲踞，如狮子哆口者，为狮子岩。两岸群山皆峭拔，亦有飞瀑，数道乱泻，大者翻银飞雪，小者垂丝撒发。晚泊青林井，以候水势。盖重庆至此，水候有常度。过此以往，非增减一丈则不可。入夜雨大至，舟人皆喜，以为水且长也。

八月一日

天瞑，涨痕忽高一丈矣。至夜，舟人戒盗。大抵江路每九十里有马

---

① 红暾：指太阳。

② 人鲊瓮：滩名，长江险滩之一，在今湖北秭归县西。

③ 归州：治今湖北省秭归县。

头，马头必置兵船数只，以备盗劫。舟或泊他处，必有攘夺之患。以故未得马头，虽入夜，舟行不止，一得马头，日高亦系缆，犹往往不免丧财也。

二日

乘水长出通陵，则望黄牛山于群峰巉嶭之上。过达洞滩，巨浪重叠，舟摇摇如航于大洋。自此水稍阔，亦多滩险。乱石循江堆积，如浚一道长渠，委泥土于岸上。其散列中流者，植锋刃，簇齿牙，使人一见魂褫。黄陵庙在南岸，一岳起于庙背，如列白屏风。范、陆二《记》皆云："庙背大峰峻壁之上，有黄石如牛。又有一黑石，如人牵之。"注视之，无见。问之舟人，亦以不知答。岂山石亦有古今之变邪？绕出山后，则水之阔者复蹙，是为黄牛峡，一名西岭峡。两岸层嶂复岭，屏矗墉围，若路穷不可行，才一转，忽复通舟。所谓假十二峰者，争耸于霄汉，奇峭清丽，不让于真者。舟疾如箭，山逆舟而来，愈来愈妙，有秀润者，有刻削者，有卓拔诡异者，有静深萧远者。盖兄行巫峡，而奴视瞿唐，恨不得一一名状之，徒目送心赏，使奇峦秀峰终于无闻。非山灵负我，我负山灵也！北岸山顶，大孔豁开。孔上有一条大石横卧，如架桥者，曰天然桥。南岸则怪石罗列于山腹，如老猴人立而相戏者，为数凡六，曰石猿子。瞿唐之山，仅能生毛。巫峡则带土而稍苍。至黄牛，树木阴森，交柯攒翠，瀑水挂其间，若断若续，虽巧画者，不能写其真。入扇子峡，虾蟆碚隐伏水底，不可得见。抵平善坝，则峡渐尽，山渐夷，然其所以娱目怡心者犹未尽。南金关以东，若别开乾坤，山益卑而远，水亦阔而慢。盖瞿唐、黄牛与巫峡所谓三峡者，其峰峦、岩壁雄伟奇状之观，举凡天下山水，无复出其右者。

抵邓家沱，平田浅渚，柳弹秧秀，于是神意翛然，如出于千军万马之中，而入乎灯红酒绿之场。宜昌府①据此十五里。

三日

下盐船，更买小船，抵宜昌城下泊焉。宜昌即夷陵，古以为重镇。三国时为吴西陵，街衢殷富。城南引江水，成一大浜，帆樯蝟集，盖上

---

① 宜昌府：治今湖北省宜昌市，辖境约当今湖北省宜昌、长阳、五峰、鹤峰、巴东、秭归、兴山等市县地。

游一都会也。欧阳文忠尝谪于此，遗迹不可复识。然追思低回，不能自释，文章之于人也大矣。志信登岸辨（办）食具，还报曰："成都有圂圊之设，已非北地比。至江南则人皆好洁，无物不美，酱酒亦不让燕京，如绍兴酒则其尤著者也。"余为之开颜。日暮，倚舷而坐，冰轮送凉，笙歌之声缭绕满江，夜分乃止。

四日

解缆。两岸之山，偃然横地。而峡中山脉南走出其背者，簇簇相联，如夏云之郁勃涌起。南岸有荆门十二碚，碚面洞开一大穴，径数丈，崇倍之。其顶可通人行，名曰仙人桥。陆《记》云："荆门者，当以险固得名。俗谓石穴为荆门，妄也。"北岸为虎牙山，与荆门相对，公孙述作浮桥拒汉兵处。山下滩亦名虎牙，水平如席，唯见波流涣散，成小餍耳。过枝江县，抵杨溪口。水中出洲，大小无数，嫩草敷茵，绿树点缀其间，江乡风致，清丽可人。过东市，川省木材多聚焉。木材之出于川省者，缚作大筏，上又构屋，资生之具皆备。多者至六七户，或有作圃种菜蔬者。候水长，顺流而下，盖东坡所谓鱼蛮子①类也。以风势不便，小泊江口。地多产茶，市屋栉比，鬻茶者不下百余户，亦多设厂售木材。雨骤至，驱暑如洗。少焉，大月涌于波间，乃解缆复行。过松滋，城市空濛，乍有乍无，抱月而卧。过采穴，抵虎渡口，江水注洞庭处也。盖黄牛至夷陵，江广且十余里。洞庭在其南，方八百里，茫无津涯。大抵湖水增寸，未必觉其涨，而在江则减四五尺。于是昔人就采穴、虎渡、杨林市、宋穴、调弦诸口凿地，导江注于湖。既复出于江，以故水势缓慢，不至为巨害。今则独存虎渡一口。若江流一涨，陡高数丈，田园、室庐，所在淹没，而民为鱼鳖。然则凿地疏决，岂非南服治水之急务乎？

五日

比晓，舟已抵沙市。沙市，一名沙头。客舟之泊于岸者，相排相倚，不见寸隙。过枝江时，犹见烟鬟雾鬓于船尾，至此引领西望，无复点翠，唯有帆影出没于烟水森茫间耳。临江有二关，一属户部，一属工

---

① 鱼蛮子：渔夫。

部。属工部者，科木材；属户部者，科杂货。如盐科，每斤为十八文，且舟之循江上下者，在宜昌及九江又皆科之。予曩寄载盐船，长年云："纳科四十八两。若舟加大，科亦加重。或别装他货，亦从科之。"夫商贾转货，关以讥之，科以节之，古今之通法也。清国二十年来，设关之外，每数十里置廨设卡，陆有派员，水有查船，率科百分之一，名曰厘捐，各省军饷皆取给焉。是岂非关外有关，科外有科者邪？加以委员贪污，上下其手，抽厘不平，多方勒索，于是乎商贾裹足，百货阻滞，而夹带偷漏之弊兴焉。可胜叹哉！

荆州府①在沙市北十五里，春秋时为楚郢都。梁元帝定都于此，周师奄至，举国为俘。自古称荆州难守。其地平衍沮洳，北则无峻岭、岩关为之阻，南则长江带之，沿岸皆可舣舟。故吕蒙②白衣摇橹，而糜芳不之觉者，非智不足也；李靖③乘水涨袭萧铣，而百粤、江西不及入援者，非急懈失机也；盖并备南北，日夕守望，力不暇给，势固然也。出沙市，抵匣子沟，多开场制砖。盖南方土皆胶固，无地不窨，村庄墟落，砌砖为垣墙。若夫北土善碱，烧砖多窳拆不可用。故州县城郭，大率以土筑成，少用砖者，亦南北地味之异也。下午风顺，挂帆而行，抵郝穴泊焉。买鸡，价极贱。夜多蚊。

六日

抵石首县。一二小山蝉联近岸，皆成张盖状。县城在山下，半复于隍，宿莽欲藏牛，盖遇水而然。自入湖地，两岸皆卑，至此距江面殆不盈尺，甚则与水平矣。过宋穴铺，当前望见华容县诸山。江流曲折，舟往如复，山亦乍左乍右，无有定所。冬春水落，不至如此之迂回云。既而夕日浴波，江豚出没于紫澜潾湃之间，状酷肖花猪，但背上负一块肉如骆驼为异耳。泊洪家滩，蚊阵压舟。

七日

江色拖练，微澜不起。行三十里，帆腹忽饱，雷雨齐发，急收帆，

---

① 荆州府：治今湖北省荆州市。

② 吕蒙（179—220年），字子明，东汉末年东吴名将。

③ 李靖（571—649年），字药师，唐朝著名军事家，后封卫国公，世称李卫公。

小泊蹈市驿。雨稍微，复解缆行。过监利县，泊车湾。林木萧萧，一叶初落，客衣知秋。

八日

出车湾十五里，阻风，泊小湾中。

九日

掩篷而坐，诗魔恼人，急呼红友①驱之。玉山忽颓，栩栩游于黑甜之乡。

十日

天阴。行四十五里，风逆，小泊干口。下午复行九十里，泊池霸口。

十一日

睡起，则去池霸口已远矣。两岸没于水，人家皆在波光潋滟中。既而岳州②诸山蜿蜒而出，贾舶之挂帆至自洞庭者，如鸬鹚群飞，与山翠相映，乍青乍白，变幻无常。洞庭与大江一衣带地划之，会江大涨，没在水底。行树微露梢末，点点如茅。湖面则皎然一白，与天无际。当中有一点青螺，如随波下上者，为鸡窝山。君山在其背面不见。岳州之山，导湖北走，至湖注江处而尽。于是擂鼓山出于水中，由擂鼓溯流三十里，达于洞庭云。擂鼓前二水相会，北者如渥丹，南则澹然蘸蓝，而中间一道，清浊相搏，滚滚而东，成珊瑚色。行数十里，风瘦帆馁，雨丝如织。北岸模糊不辨远树，南岸则层峦乱巘，沿江起伏，翠鬟隐隐，如隔碧纱望美人。抵杨林矶，江势弯环，如开妆奁状。南边蓝色变为黄，盖洞庭之水至此，渐与江相混和也。冈阜之拥衾而起者，皆壁立如赭，为数凡九，至日南矶而尽。日南对岸曰螺山，多人烟，就泊焉。是夜尤苦蚊。

十二日至十三日

皆阻雨。篷底闷闷，日长如年。

十四日

天阴，热甚。过新堤，行六十里，南岸得一大阜。前面削立，色如

---

① 红友：酒的别称，见罗大经《鹤林玉露》。

② 岳州：治今湖南省岳阳市。

渥赭，即嘉鱼之赤壁也。蔡九霞曰：

宋苏轼指黄州赤鼻山为赤壁。按刘备居樊口，进兵逆操，遇于赤壁，则赤壁当在樊口之上。且赤壁初战，操军不利，退次江北，则赤壁当在江南。今江汉间，名为赤壁者五：汉阳、汉川、黄州、嘉鱼、江夏，惟在嘉鱼者与史合。

此论盖得之矣。

抵石头司，江益阔。泊嘉鱼县，夜大雨。

十五日

村落浸水，茅檐近与帆影映，鸡犬之声皆在篷底。盖秋水方涨，舟循大陆而行。冬春则柳塘、麦畴高于江一丈矣。江之水在黄牛以西，群山束之，逼仄穷蹙，一出峡口，肆然始得逞其势。经江陵、公安、石首、监利、华容，自西而北，而东而南，随势迂回，至于岳阳，自西南转出东北，趁流而下。南北诸县，皆沿岸置堤，民赖以为命。故一溃决，则千里为壑。泊下口，夜雨，凉甚。

十六日

发下口。自出嘉鱼，舟常从绿杨上过，以江岸皆没于水也。大军山压江而出，是为金口，就泊焉。是夜亦雨。

十七日

抵鹦鹉洲①。人家栉比，炊烟如涌，非复"芳草萋萋"之景致。扬帆东南转，循武昌城壁而行。武昌包黄鹤山为城，规模宏大，在《禹贡》亦为荆州域。楚熊渠②封其子红为鄂王，于是始有鄂渚之名。春秋曰夏汭，汉曰江夏，三国时吴人迁都焉，名曰武昌，唐宋曰鄂州，地最肥腴，多产物，蚕丝、茶叶及棉花为之最。欧洲人买茶，多在两湖。又产煤炭，人家爨炊，常用土煤，其薪柴、木材取给于湖南。湖广素称产稻之乡，至有"湖广熟，天下足"之谚。故滇、黔、闽、粤、川、陕、

---

① 鹦鹉洲：指湖北武汉市武昌城外江中的沙洲。
② 熊渠：西周时期楚国国君。

山西诸省，例不征漕，山东、河南独征杂粮，惟江苏、安徽、浙西、江西及湖南、北六省，每岁征白粮以实于京仓。盖湖北一省，如宜昌、施南、郧阳皆在万山中；德安、襄阳、安陆亦多种菽麦，少有稻田。武昌属地亦强半在山中，独汉、黄二郡产稻而已。故武昌、汉阳一带有"川米来而价减"之语，则知方今楚人皆待济于川省矣。

北岸则汉阳府①，春秋郧地。三国时属魏，后又属吴。唐曰沔州，又曰汉阳。枕大江而控汉水，扼南北要冲，与岳阳皆为鄂渚门户。咸丰中，发贼已陷岳州，水陆并下，夺而据之，鄂城亦随陷。府城南北隅有小阜，树木森蔚，为鲁肃墓。溯汉就东岸客店宿焉。汉水上流阔十有余里，两岸皆山岳，连亘数百里，至安陆则地平土松，又无支流杀势，故水路易淤塞，东西迁徙，率无虚岁。下至汉口，广不能一里，一遇江涨，水辄逆行，潜沔诸邑，皆受其害。大抵沿江州县，皆为发贼所蹂躏，如武昌、汉口，人家烧毁略尽。今之街衢，多乱定后所创，是以未能复昔日之观云。宜昌以东，江路平漫，可以行汽船。闻英吉利人近有开航路之议。

十八日

黄鹤山迤西有矶，划江而起。矶上构层楼，所谓黄鹤楼也，盖因山得名。黄鹤楼始见于齐、梁间，厥后兴废不一。今楼同治中更造，崇三层，八面轩敞，尤宜远瞩。武昌、汉阳皆为秋涨所包裹，如乾达婆城②变幻于海上者，碧瓦粉壁，鱼鳞杂遝，商船四集，桅樯林立，南北则广原际天，莽莽苍苍，目尽而止。楼上多丐人，拥客乞钱，麾之不去。匆匆拂衣下楼，更上北岸晴川阁。阁踞大别麓，亦在长江之滨，盖取于"晴川历历"之句为名，崇不及黄鹤，遐瞩亦不能相若也。山上有禹庙，山后有月湖。湖中小洲为伯牙③琴台遗址。及暮，上火轮船。

十九日

至黄州。坡游赤壁，实在北岸，一小冈临江如削。赋中所谓"断岸

---

① 汉阳府：治今湖北省武汉市汉阳区。
② 乾达婆城：梵语中"乾达婆"是"变幻莫测"的意思，"乾达婆城"即海市蜃楼。
③ 伯牙：俞伯牙，春秋战国时期晋国的上大夫，著名的琴师。

千尺"，要不过文士虚夸耳。晚抵九江。庐山秀峙于天际，戴云为帽，但在舟中不见九屏，略无足娱人者。岂真面目藏在其中，不许外观耶？一白湖光忽见于船左，即彭蠡湖。有山如拳，当湖口而出，上戴浮图，层层倚空，如招人。过彭泽县，依山荒凉。入夜投锚，盖恐崖岸没水，有胶浅之虞也。

二十日

昧爽发轮，过安庆府①至南京，则已暝矣。

二十一日

舟达于上海，志信于是辞去，君亮亦将东归。呜呼！我三人相携奔走炎风烈日之下，传餐换衣，情同骨肉，今乃击缶唱《河梁曲》②，天涯地角，形单影孤，余何以堪之？然天已假我三人以良缘，今之云散，安知不为他日萍合之因哉？是行，为日百十有一日，为程九千余里。大抵车取二，轿取三，舟则略与二者相抵。其记之也，北则详于雍、豫，西南则详于梁、蜀。若夫武昌以下，我邦人士足迹或有及焉者，其山川、风俗皆能述之，不复须烦言也。顾余年方壮，异日或得作岭南之游，探梅罗浮③，观潮两广，以续栈云峡雨之记，其为乐何如也！古人有言"得陇望蜀"，余既涉陇之境，又尽蜀之胜矣，而意犹未厌焉。人实苦不知足哉！

老友冈松君盈尝语余曰：

江河二水，其源盖出于图别特。据西说，图别特为大块最高处，其山曰喜马拉，高二万九千一百脚，地上山岳无与为高。佛经所载大雪山，盖谓此也。山势东迤而渐颓则西藏，故西藏为地上都邑之最高者。大河之发源于此，有恒河，有印度河。其他比达麻足趾诸河，皆西南流入于海，所以纪印度诸部也。夫山之大者，其出水必多。今河流之出于

---

① 安庆府：治今安徽省潜山县。
② 河梁曲：代指离别之曲。
③ 罗浮：罗浮山，位于今广东省境内。

西藏，而西南流者如此，独得无有东北流者乎？元世祖时，命都实①为招讨使，往求河源。归言河源在土番朵甘思西鄙，有泉百余泓，沮洳散涣，弗可逼视，方可七八十里。履高山下瞰，粲若列星，名火敦脑儿。火敦，译言星宿也。《西域闻见录》②亦言："贺卜诺尔即世传黄河之源，星宿海也。"《禹贡》："岷山导江。"《益州记》③曰："大江之源，发于羊膊岭下，缘崖散漫，小大百数，犹未足滥觞。东南下百余里，至白马岭，而经天彭关，亦谓为天谷。"傅同叔曰："岷山在氐道，天彭亦在氐道。天彭以上，江水犹微，则岷山当在天彭之东。"《西域闻见录》言："自后藏西南温都斯坦各国，雪水经番地流入中国，汇为扬子大江也。"先师文简先生亦以为："水出于大雪之阴者，皆北注于星宿海，或东流为大江。盖汉人无能穷其源也。"言见先生《禹贡注》。今所谓图别特，大抵古土番地。星宿海方在土番，其与喜马拉相距盖不甚远。但其地皆山险，故水潜行于地底，至星宿海，始裂地上涌也。《闻见录》所载温都斯坦，盖指印度东北一部。近世英吉利尽略有印度地，概称"温都斯坦"，盖原于此。然温都斯坦雪水流入中国，亦大概言之耳。据傅同叔言，岷山、天彭并在氐道。氐道与喜马拉东西相直，盖亦不甚相远。要之江河二水皆发于图别特，而其资源实在于喜马拉也。

  余往自孟津渡河，至潼关，复东北望见河流纡余于山岳间，宛然如带。若夫江，则至重庆始见其渊湃滔天。未能有问二水之源。君盈博通今古，善文章，少从文简，旁学西洋穷理之说，今也益致力于西籍。其论江、河二水，盖非诬也。

井井居士又记

---

①都实：中国元代旅行家，对黄河源进行过勘察。
②《西域闻见录》：作者七十一，姓尼玛查，号椿园。该书于乾隆年间撰写，详细记录了当时西域的人文地理、风土人情、物产习俗等。
③《益州记》：梁蜀人李膺所撰，又名李膺《蜀记》，是除《华阳国志》以外，巴蜀最有影响的地方志之一。

评批

　　曰漕运，曰土产，曰教法，曰税科，曰形胜，历历备载，不止写山水之奇。斯书一出，范、陆二《记》恐不得专美于前也。

皇明治十一年四月初二瓮江川田刚①妄评

　　卷中记中原诸州，以水利为之纲，而地质、土产、漕运、纺织、阿片之患害、民物之凋弊等，触处寓慨，曲为之区画措置，一一中窾。至入陇、蜀，叙景纪胜之中，观国俗、忧民瘼之念，犹隐隐动乎楮墨间。乃经世大文章，莫作一部游记看。又曰，繁简得宜，有韵致，有精采。即以文辞评之，亦记行最上乘矣。

明治戊寅四月十七日辱知重野安绎②妄评

　　此册之到，有恪接手便读，不如平生之懒。游已属开辟，文亦雅健畅达大可观，而甚可喜。即日读完一过，次日再读，三日三读，殆无瑕疵可指。以为遥途来示，而徒尔返璧，亦乖所望，辄细切白纸，插之各处，随笔书鄙见，虽不满作者之望，犹贤于寂默返寄也。时方新暑如燬，与蜀中苦热、楚江蚊阵虽不可同论，然亦相应和于几上，不觉评而又评，满纸累累，不遑顾其为附赘，为县疣，无寸益于作者也。他日岭南之游，若果续而成稿乎，幸复赐

---

① 川田瓮江（1830—1896年）：名刚，号瓮江，日本明治时代的史学家，撰有《随銮纪程》、《斯文会纪》等。

② 重野安绎（1827—1910年）：字子德，号成斋，日本明治时代的政治家、史学家。创建东京大学国史学科，奠定国史学发展基础。曾负责编修《大日本编年史》、《支那疆域沿革图》等。

示。有恪虽衰老，犹将乐读而涂抹之也。至嘱！至嘱！

土井有恪①妄批

古人记游者多矣，大抵皆止一方名山胜地，若一州一省而已。如范、陆二《记》，最其尤者，然亦唯记西南一隅耳。今渐卿起齐鲁、燕赵，究巴蜀，下三峡，经吴楚境，东至海，周游几一万里，记行几三万言，可谓前无古人矣。且以彼土人记彼土，虽并记全国，在吾人不如读此记之能悉情状。盖彼自记其新于耳目者，惯以为常者必不及记也，而我则并不知其常者。乃如中原驿旅而乏于米饭、亏于浴室、缺于枕衾、阙于厕圊，或烧马矢代薪，或穴崖腹栖迟，吾人创见乎此记以惊怪，而彼必不异也。至水脉源委必详之，沟洫堤防三致意，则渐卿别具经济大略。其他土宜物产之多寡得失，以至税法奸情，尽记无漏。嗟！渐卿一游涉之际，用意之精密如是，是岂徒游记视之而可乎？直以为"支那风土记"看之而可也。至其文之驰骤得适度，则范、陆或有之，邦人所未曾有也。敬服！敬服！

明治十年九月念五海南藤野②启拜观

江山之奇灵，原谷之奥蕴，与作者怀抱相映发，遂成文家巨观。司马子长见此，当把臂入林；郦、亭以下，恐须喘汗却走，足为敛衽。

丁丑四月高心夔③读过并记

大著考山川之沿革，抉郡国之利病，论形势之夷险，究古今之

---

① 土井有恪（1817—1880年）：日本明治初期的汉学者、诗人，著有《庄子抄解》等。
② 海南藤野（1826—1888年）：日本明治初期的汉学者。
③ 高心夔（1835—1883年），字伯足，号碧湄，清末名士，工诗文，善书，著有《陶堂志微录》等。

成败，绝大文章，非寻常日记也。惜先生行期太迫，鄙人又人事牵帅，不获往复质证，怏然久之。疑义与析，请待他日。写景亦似柳子厚①游记，奇古疏宕，未易才也。

丁丑四月八日杨岘②拜读

叙行役之况，状山川之奇，属辞精工，已甚可贵。其间考古迹，纪水道，辨土宜，征民俗，详形势，论利弊，粲然卓然，若睹掌而知指者，斯诚有心人哉。而学术才识即此可以推见，不比寻常游记第争长于笔墨间也。

强汝询③读一过毕因记

纪游，文章之小品耳，而作者经世之才，与史家方舆之学，已可窥见一斑。于中原南北之形势，山之支派，水之经纬，言之墙凿；土田物产之饶瘠，民风之淳漓，巨细靡遗，如道家中事。得之中国久居者，已非易易，况东溟万里远游之客哉？其文字修洁逋峭，状物微妙，上之祖述郦道源（元）之注《水经》，次之则与陆务观、范石湖、王阮亭④、张云谷陇蜀诸纪相颉颃矣。渐卿词兄，跨海相访，愧人事纷纭，不能细读而为之序，聊缀数言，以志欣慕。

光绪丁丑李鸿裔⑤记

---

① 柳子厚：柳宗元（773—819年），字子厚，唐代文学家、散文家和思想家。代表作有《溪居》、《江雪》、《渔翁》等。

② 杨岘（1819—1896年），字庸斋，号季仇，清朝书法家、诗人，著有《庸斋文集》、《迟鸿轩诗钞》等。

③ 强汝询（1824—1894年），字莣士，号赓廷，清代文学家，著有《求益斋全集》。

④ 王阮亭：王士禛（1634—1711年），字贻上，号阮亭，清代著名诗人，著有《带经堂集》、《陇蜀余闻》等。

⑤ 李鸿裔（1831—1885年），字眉生，号香严，清代学者，精书法，工诗、古文，著有《苏邻诗集》等。

承示尊著《栈云峡雨日记》，属为评骘。展读一过，山川古迹，钩考源流，如数家珍，想见学富五车。郦氏之《水经注》，范氏之《方舆纪要》，殆不是过。而其论古今得失，语语精当，亦几几乎与顾氏①《郡国利病书》相上下。承属序言，匆匆未暇，略题七截一章，以志欣佩。

　　杜陵诗到夔州老，秦蜀渔洋纪驿程。
　　同付东瀛高士笔，摩揩双眼看分明。

丁丑春三月吴大廷②书于槎室

　　读破万卷行万里，写出栈云和峡雨。
　　何期东海来奇才，人中之龙文中虎。
　　我取扬州月二分，重来沪上遇斯文。
　　他时访友西川去，见见闻闻报与君。

　　丁丑天中节③读渐卿先生"蜀游日记"，谨题一诗，请正，即乞和教。

七十五叟齐学裘④初稿

　　自来言地舆者三家：郦氏《水经注》详于水道，顾景范氏⑤《方舆纪要》详于形势，顾亭林氏《郡国利病书》详于治术。为文排日纪行者，亦有三家：汉马第伯《封禅仪》详于典礼，唐李习之《来

---

① 顾氏：顾炎武（1613—1682年），本名绛，字忠清，明末清初思想家、史学家、语言学家，著有《日知录》、《天下郡国利病书》、《音学五书》等。
② 吴大廷（1824—?），字桐云，历官福建、台湾道，著有《小酉腴山馆全集》等。
③ 即端午节，为每年农历五月初五。
④ 齐学裘（1803—?），字子贞，号玉溪，晚号老颠，清代著名诗人、画家、书法家。
⑤ 顾景范氏：顾祖禹（1631—1692年），字复初，一字景范，清初地理学家，著有《读史方舆纪要》。

南录》详于邮程，近世徐霞客①《游记》详于游览。其用意不同，而其各以所得垂之无穷，要自卓然成一家言。大著《栈云峡雨日记》二卷，于山川之脉络，风气之升降，国计民生之得失，罔不研究，想见识略宏远，问学该博。至其摅情写景，或如明窗净几，展视淡墨古画，意思闲远，或如奔涛急泷，鱼鼋蛟龙，万怪惶惑，可骇可愕，匪特考证之详，抑由用笔之妙。他日寿之名山，不难骖靳古之作者。如有刊本，幸以饷我。

光绪四年戊寅秋八月无锡薛福成②

奉读竹添渐卿《栈云峡雨日记》及诗文草，率题一律并引

自火轮、汽机旁午于重洋，而邹衍氏所谓大九州者，乃得利济四通，遄行无滞。非徒贾客之利而已，凡夫、通儒、硕彦、韵士、骚人，以逮一材一技之长，莫不联翩颉颃，揽胜于禹迹，殆将征诸见闻，以扩其智识，举平生之所学，相与讲同辩异，决择于是非；而一切墨守墟拘之见，浮光掠影之论，泯然息焉。纪泽少尝从事于形声、训诂之学，既又取泰西语言文字讨论而参稽之，于是东西文士，谬采虚誉，昕夕过从，则益得询访其为学之本源。大氐西国人士，功利之见，多勤远路、通贿币，崇侈炫富，非古而是今，若与中国先圣醇儒之教判然为异者；然其好学覃思，巨细不遗，严整密察，令行而禁止，虽桀骜之夫、骏稚之童，未尝轻易叛教违法，则实事求是有足多者。日本密迩中国，服膺宣圣，自唐以降，常与华士赓酬为欢。暨今文教益昌，经师辈出。余居京邸时，已闻井井居士名。光绪戊寅秋，衔命使于欧罗巴洲，道出津沽，池田松坪出居士所为诗、古文及《栈云峡雨日记》，问序于余。盖居士之为学，不

---

① 徐霞客（1587—1641年），名弘祖，字振之，号霞客，明代地理学家、旅行家和文学家。其代表作为地理名著《徐霞客游记》。

② 薛福成（1838—1894年），字叔耘，号庸庵，近代散文家、外交家，洋务运动的主要领导者之一。

主一蹊一径，其立论必要之敦本抑末，背伪以归真，大而无夸，通而不泛，又未始狃于一偏，期诸折衷事理，无悖于道义已耳。庶几实事求是，以上通于先圣昔贤之微指者！游踪所历，山川扼塞，形胜要区，莫不博考详搜，穷竟原委，非服古有素、劬学多闻，固不能取给于车尘马踠间也。至于俛仰今昔，发为咏歌，凭眺留连，一若不能自已者。然则居士问学材智，诚不藉山川之情以相启牖；着屐措笻，特出其夙所蕴蓄，以自印证云尔。深山蕴玉，沧海孕珠，岂不信然！

案牍成堆百绪棼，忽开迷雾见晴云。

言之有物辞逾美，道本同源派未分。

水木湛华清入句，冰霜无滓净成文。

匪时又信经纶术，匪独吟坛共策勋。

湘乡曾纪泽[①]稿

[①] 曾纪泽（1839—1890年），字劼刚，号梦瞻，清代著名外交家，晚清重臣曾国藩之子。清末曾担任清政府驻英、法、俄国大使。

井上毅跋

　　环球而居焉，其民分为黄、白、黑三大种。今也白人之势，若潮之方进，若风之方发，而黄、黑二种式微矣。盖黄种之居于东洋者数邦，有并土地、人民移之于他人手者，有奴役者，有割地者，有予利柄于人而已自胺削者。所被虽有深浅，所及虽有早晚，总之不免立于一大厄运中，而仅自救之不暇也。譬诸疾之在躬，远声色、尝良苦者，庶几乎苏矣。若夫呼息奄奄，而犹护病讳医，咥咥笑语，自傍人观之，只见其可深哀也。读井井子"栈云峡雨纪行"，所历足迹半于清国，可以略观其全势焉。盖民力衰凋，生息拂地，而物产之阜、富厚之资，犹有藏于无尽者。其民俭啬，长于商易，足以争利于海外也。但据所纪，阿片之毒，宗教之祸，束手羸痛，浸入膏肓。呜呼！转疟为健之道，唯有尝胆啖苦、炼养彻神焉尔，不知彼邦之人谓何？观国之光，岂声容文物云乎哉？我国之士，跋彼地与其人交者不多，井井子经历之间，访器识之士，肝胆相投，痛哭相问难者，盖在文字之外矣。余于跋此篇，为一发之。

　　　　　　　　　　　　　　　　　　丁丑九月　井上毅[①]

[①] 井上毅（1844—1895年），日本明治时代著名政治家、教育家，主持制定《实业补习学校规程》、《实业教育国库补助法》等教育文件，是近代日本教育体制的奠基人。

方德骥跋

余既在钟君子勤案头，获观渐卿先生所著游记，叹为抗志希古命世独立。越日，渐卿过访，复出是编，属为点勘，遂更而读之。记中因事设辞，发挥心得，莫不持之有故，而达之有序。君子立言，不为一时。贾生①策《治安》，昌黎②著《原道》，隐然以守先待后自任。吾于渐卿见之矣。至其文雄奇浩博，尽态极妍，合龙门淑宕、庐陵绵邈为一手，尽人能知之，又何足为渐卿重哉。校既竟，为揭其学术志节之大者。还以质诸渐卿，当亦相视而笑，莫逆于心。

光绪丁丑五月朔，喜雨时晴，几案如拭，方德骥③书于上海梅溪寓舍

---

① 贾生：贾谊（前200—前168年），西汉著名政论家、文学家，著有《过秦论》、《吊屈原赋》、《鹏鸟赋》等。

② 昌黎：韩愈（768—824年），字退之，世称韩昌黎，唐代文学家、思想家、政治家，著有《论佛骨表》、《师说》、《进学解》等。

③ 方德骥，清代苏州府知府，曾参与《苏州府志》的修撰。

胜安芳跋

井井竹添君，天草人也。幼学韡村木下翁①之门，有神童称。弱冠仕熊本侯，擢列儒官。戊辰岁，叩余草庐，论国家之大经，慷慨激切，余深感其卓识。无几归国，屏迹寂寞之滨，世知其才学者少矣。余每惜之，寄书屡促东游。乙亥春，飘然而来，坐谈终日。其志在踏海远游也，遂从森公使航清国，交于诸名公。丙子夏，深入巴蜀，往来一百余日，笔《栈云峡雨日记》。及归，持示索尾言。《记》仅二卷，曲尽蜀中山水胜景。流读之间，有逍遥于栈云峡雨中之想。而水利也，地质也，土产也，漕运也，政治也，民情也，烟毒也，教害也，条分缕析，识透而论确，蔚乎经世之文，岂非蜀山之灵助其胸中之奇，以作此成一大篇者邪？于是，余自信尝赏君才学之不虚也，固乐书之。

明治十一年初冬海舟胜安芳②

---

① 韡村木下翁：木下犀潭（1805—1867年），字子勤，号韡村、犀潭、澹翁，江户时代末期熊本藩有名的硕学大儒。

② 海舟胜安芳（1823—1899年），通称麟太郎，号海舟，曾为安房守，又称胜安房，明治后改为安芳。日本明治时代政治家、军事家、教育家。

中村正直跋

我东方亚细亚洲，文艺最盛，人物多出，莫禹域若也；疆域广，生齿繁，莫禹域若也；可与欧罗巴颉颃者，莫禹域若也。禹域与我邦，文字同，可亲厚一也；人种与我同，可亲厚二也；辅车相依，唇齿之国，可亲厚三也；亚细亚不及今同心戮力，则一旦有事，权归于白皙种，而我人种危矣，可亲厚四也。抑元世祖之侵我西边，我邦人之扰闽、浙，当是时未有欧罗巴之外交也，未有狼子野心之觊觎者也。设使如今日，则二国必无此事矣！今也，我邦与禹城务当小大相忘，强弱莫角，诚心实意，交如兄弟，互相亲信，不容谗间，有过相宽恕，无礼不相咎。盖二国所期者，在于同心协力，保护独立，以存亚细亚之权而已矣。近者我邦通航禹域，发遣公使，莫非职是之由也。

竹添渐卿君奉命往禹域，行旅古燕赵、周郑、秦蜀、吴楚之地，暂归故土，余幸得读其所作《栈云峡雨日记》，地势、民俗，缕载不遗，洵为方今有用之书，可备参考者也。至其描绘山川文字之工，读者自知之矣，余不敢赘。

明治九年腊月江都中村正直[①]

[①] 中村正直（1832—1891年），号敬宇，日本明治时代著名文学家。翻译过英国塞缪尔·斯迈尔斯的《自己拯救自己》，穆勒的《自由论》，著有《敬宇诗集》、《敬宇文选》等书。

冈松辰跋

昔者晁衡①之入唐，常与王辋川②、李青莲③之徒游处，观诸其诗可知也。后之集唐诗者，亦载胡衡《衔命使乡国》一律。说者以为，"胡"者"朝"之讹，而"朝"又与"晁"通，盖晁卿所作也。其诗道隽高雅，真与王、李并驾而驰，使人一诵辄意消。予尝曰：吾邦以诗名家者，世不乏其人。然上下千有余岁，未有逾于晁卿"六韵"一律者也。然晁卿在唐，夙受明皇知遇，荐历清要，足迹所及，盖不过乎崤函、泾渭之间，未必有得于嘉陵、三江之伟观也。其能得于此者，独有我渐卿而已。

夫渐卿以一介书生，翱翔乎禹域，所至皆有记述，揽山水之胜，考风壤之异，至于治乱兴废之迹，遗今昔之感者，必征之往籍，辨论极精，又从以讽咏，俯仰慷慨，笔随意至，使人如躬涉其境者，则亦过于晁卿远矣。宜乎俞曲园、吴桐云辈啧啧传而称之，不能释也。呜呼！渐卿与晁卿，其迹虽异，至于以文章骋誉乎异域，吾未知其孰愈也。谁谓古今人不相及乎哉？

适渐卿命以赞辞，予不自量，谬有一二，指摘已毕，为题数语而勉之。

瓮谷冈松辰④撰并书

---

① 晁衡：阿倍仲麻吕（698—770年），日本著名遣唐留学生，中日文化交流杰出的使者。

② 王辋川：王维（701—761年），字摩诘，号摩诘居士，唐朝著名诗人、画家。代表作有《相思》、《山居秋暝》等。

③ 李青莲：李白（701—762年），字太白，号青莲居士，唐代伟大的浪漫主义诗人，被后人誉为"诗仙"。代表作有《望庐山瀑布》、《行路难》、《蜀道难》、《将进酒》、《梁甫吟》等。

④ 冈松辰（1820—1895年），号瓮谷，日本明治时代著名汉学家，著有《庄子注释》。

栈云峡雨诗草

峡雨栈云收入诗，喜君携赠蜀中奇。
此身未作成都客，绿水青山已旧知。
轻舟一叶去随潮，楚尾吴头水路遥。
最是荒烟冷雨句，牵人吟梦落枫桥。
　　　　　　　　　　——护美

友人来赠一卷诗，自道历游所拾奇。
栈云峡雨断又续，楚江烟树何离披。
今我投笔二十年，俗务鞅掌发苍然，
欲赓之韵奈不妍。
　　　　　　　　　——副岛种臣[①]

[①] 副岛种臣（1828—1905年），明治年间的政治家、思想家、外交家、汉学家。

中村正直序

　　友人竹添君近归自禹域，肶其橐，则幽、冀、徐、豫、雍、梁、荆、扬之山川险易、风俗醇漓，描写历历若目睹之。搜讨古迹，徘徊墟墓之间，笑骂竖子，凭吊英雄，感慨悲歌，若耳听之，使余不觉废卷而长叹也。呜呼！大才则大用，小才则小用。君才虽大矣，若使不乘四载，不游九州，则其才亦囿于小耳，何得有此苍苍莽莽、雄奇巨大之篇乎哉？因思英雄豪杰之出于世，亦如此。苟不得其时而乘其势，则与竖子竟归于一辙，使其徒发阮籍、广武之叹焉耳。闻君将复往禹域，异日再倒其囊而示之，则不知使余又为何等感慨也。姑书数语于卷端，以见余之于君倾注情殷，期待正复不小也。

明治九年十二月江都中村正直撰

栈云峡雨诗草

同津田君亮发燕京，留别驻京诸友
东来万里又西征，岂是寻常离别情。
飞絮落花春尽路，差池帽影出燕京。

渡易水
悲歌击筑寻无迹，绿树苍茫连陇麦。
风不萧萧水不寒，一腔诗思入秦客。

忆内
驿路千丝柳，难缝客子衣。
临别密密缝，衣破未言归。
客中又为客，音信自兹违。
遥想空闺梦，犹向燕都飞。

尧母陵①
尧母陵前泪不干，遥遥乡思在云端。
何人为扫新阡路，春雨秋风宿草寒。
（无似丧先妣，服除，未几即出游。春秋享祀，属诸门生者三年于兹。每思及之，不禁泣血。）

将抵清风店②，大风扬沙，雨亦从至
野宽风力大，尘卷夕阳黄。
雨声追客到，心与马蹄忙。

---

① 尧母陵：在今河北省望都县城内东南。
② 清风店：在今河北省易县西南。

纪信城

汉王黄盖出东门,却遣真龙天外翻。
兔尽狗烹何足怪,曾无血食报忠魂。

杜太后[①]故里

谁将黄袍加我儿,儿有大志我先知。
殿前检点飞腾日,正是王家孤寡时。
吾家借作前车鉴,兄终弟及母相疑。
枢臣记言慈颜喜,宁知枢臣心则否。
榻前一诏卷狂风,常棣花残血痕紫。

八卦台[②]

睥睨坤舆黑子哉,亚欧弗墨是浮埃。
五洲兴废凭谁卜,欲问庖牺八卦台。

新乐县[③]途上

渺渺平沙驿路长,如舟小屋倚林塘。
一生惯啖椿榆叶,知否人间有稻粱。

天主堂

金碧耀日高煌煌,谓是西人天主堂。
不独边海架十字,中原半为西教场。
自称西教穷深浩,不比空疏佛与老。
更散货贿啖重利,笼络蚩氓一何巧。
谁将烂烂岩下电,照破魔心装佛面。

[①] 杜太后(902—961年),宋太祖赵匡胤和宋太宗赵光义的生母。
[②] 八卦台:在今河南省淮阳县。相传为伏羲最初演绎八卦的地方。
[③] 新乐县:古旧县名。治今河北省新乐市。

孟轲不作韩愈逝，世道之微微于线。

渐卿哲兄怀诗见访，和其卷中《天主堂》之咏，敬以奉贻，即睎是正

高心夔

周王饮马瑶泉岸，休屠金人负归汉。
流沙不度老氏经，龙鹫纷纷鸣震旦。
摩诃罗马复代雄，西土气衰流向东。
东极三山日出处，声教旧与吾华同。
孔孟虽亡心理在，至诚尊亲况无外。
后来袄俗剧蚩尤，谁道皇风委荆艾。
吾华百世安文柔，势倾大瀛真可忧。
空传智士出丹穴，欲识异书堪白头。
诗客款门一惊喜，喜卿诗有湘灵旨。
登高不见系桴山，愁思茫茫东海水。

南十里铺题壁

未食首阳薇，先饭滹沱麦。
我非戡乱人，亦非避世客。
性僻喜远游，风尘任仆仆。
惟愿到新丰，痛饮酒万斛。
而后入巴蜀，饱唊荔子肉。
任他笑贪馋，胸中阔千尺。

千秋台①

得官当作执金吾②，娶妻当得阴丽华③。
此言本自肺肝出，真龙初志犹井蛙。
新莽妖氛天地暗，卷云高跃万人瞰。
昆阳雷雨滹沱冰，一朝身应金刀谶。
台前献寿朝群臣，今日始知天子尊。
回头笑语阴皇后，望外亦知有美人。

车上书所见

月未离毕岂滂沱，井水不如流汗多。
矻矻汲井灌陇亩，井若告竭将奈何。
我行冒热日午时，停车殷勤为致辞。
庙堂君子恤民隐，旱魃虽虐勿忧饥。
农夫举手笑且应，四体不勤徒为佞。
试将君子比夏畦④，夏畦不病君子病。

燕赵途上

扑面尘三斗，萦心柳万丝。
邯郸仙梦短，燕赵古歌悲。
野色晴逾旷，山容近更奇。
周游男子事，须及壮年时。

---

① 千秋台：在今河北省石家庄境内。相传光武帝刘秀在此登基。
② 执金吾：指西汉末年时率禁兵保卫京城和宫城的官员。
③ 阴丽华：东汉光武帝刘秀的结发妻子。刘秀未当皇帝前即倾慕阴丽华。后至长安，见执金吾车骑甚盛，因感叹："仕宦当作执金吾，娶妻当得阴丽华。"
④ 夏畦：指夏天在田地里劳动的人。见《孟子·滕文公下》："胁肩谄笑，病于夏畦。"

金提店①，相传为郭巨②凿获金釜处

杀儿罪非小，活儿罪更大。
谁知至孝情，多出人情外。

豫让桥③

一剑如霜白日寒，漆身吞炭几心酸。
酬恩不愧男儿事，自古人生知己难。

沙河

七国何纷扰，朝从而夕衡。
一试揣摩术，金印光莹莹。
当世无贤士，幸成竖子名。
至今沙河上，犹说苏秦亭。

黄粱梦镇④

山月林风兴自长，荣华转眼即荒凉。
卢生也被仙翁误，枉向黄粱梦里忙。

宿邯郸

淄尘容易上征裘，露宿风餐万里游。
客到邯郸眠始稳，一场乡梦胜封侯。

邺都⑤怀古

铜台一夕起悲风，柳怨花愁泪雨红。

---

① 金提店：在今河北省内丘县境内。
② 郭巨：东汉人，以孝闻名于世。
③ 豫让桥：在今河北省邢台市邢台县。
④ 黄粱梦镇：在今河北省邯郸市境内。
⑤ 邺都：在今河北省大名县东北。

緦帐笙歌长不改，死犹好色笑英雄。

羑里城
斜阳影里久徘徊，羑里城荒鸟雀哀。
谁识圣人真德性，也从忧患玉成来。

鄂王庙
痛饮黄龙志欲成，金牌何事枉班兵。
中原草木皆腥气，十道风云尽哭声。
谁道贼臣能构狱，不知高庙竟无情。
两宫长作望乡鬼，月苦霜凄五国城。

端木子故里
先贤故里远来游，满陇黄云正麦秋。
十哲之中推经济，多知贯得到源头。
大仁店近熏风暖，飞凤山高朝旭浮。
堪笑世间穷措大，漫将贫贱傲王侯。

卫州①途上
万里黄沙两鬓丝，自怜吟骨瘦于诗。
雨行苦冷晴行热，乍着重裘乍着绨。

新乡县阻雨，西风寒甚
征衣敝尽发鬖鬖，愁对清樽独自倾。
乱后中原多战骨，眼中宿莽是荒城。
驿窗有梦寻乡梦，灯火无情照客情。
记取新乡今夜雨，西风匝屋作秋声。

---

① 卫州：治今河南省卫辉市。

同盟山

同盟山上树森森，想见当年旄钺临。
不是周王能克受，人心向背即天心。

罂粟花

翠袖轻翻不受尘，娇红艳紫殿残春。
前身应是倾城女，香色娱人又杀人。

宿孟县

大行西来何峥嵘，幛列屏围拥北京。
迤为百花又马耳，余势起伏趋井陉。
我行日与山相远，山色送我青不尽。
山灵应与我有缘，几回相望转缱绻。
昼行看山未暂闲，夜窗又自对屏颜。
今宵始与名山别，枕上无端梦故山。

孟津

天涯飘荡竟如何，齐鲁幽燕次第过。
虐雪炎风人欲老，两年两处渡黄河。
（客冬冲雪，过山东，渡黄河。）

洛阳

落尽百花春已残，薰风一路据征鞍。
魏姚①自有前生约，恰到河南看牡丹。

乾陵

武家风是吕家风，弄玩乾坤在掌中。

---

① 魏姚：牡丹花的两个品种。

地下相逢应一笑，绮罗丛里两英雄。

天津桥
人才何必分南北，标榜漫传道学名。
独使半山忧社稷，天津桥上杜鹃声。

王祥河
听得鸦儿反哺声，征人来此若为情。
北邙陵墓多无识，一水长留孝子名。

楚坑①行
楚坑高兮秦关低，坑中夜夜哭声凄。
一丛髑髅怨不灭，化为乱石啮马蹄。
君不见乌江重瞳子，头飞肉散无完体。
何若秦卒二十万，能全身首聚坑底。

崤函
三晋云山连秦树，斜阳欲没崤函路。
乱石怒与车轮搏，响彻幽岩起怪雾。
当年此地扼戎兵，刀折弦绝天冥冥。
二陵风雨来不尽，秦人骨白晋山青。

穴居歌
凿崖为室土为席，只有扃扉不须壁。
屋上坦坦广几弓，牛挽碓车人晒麦。
在屋戴地出践天，上天下地距咫尺。
垂髫黄发长团栾，终身唯知穴居适。

---

① 楚坑：在今河南省义马市南。

竹生竹生欲何为，十年敝尽远游衣。
病妻稚子天一角，楚水秦山鬓欲丝。
呜呼！何不掷书买耒耜，穴居子笑行役子。

函谷关①
峰峰叠如夏云起，中通一线不方轨。
重关已扼百二雄，形胜更控黄河水。
忆昔秦人擅富强，祖龙威暴乃虎狼。
六王胆破无颜色，朝从暮衡皆如狂。
珠履金印争延宾，凭轼结靷来往频。
宁知扶危自有道，堪笑鸡鸣狗盗人。

又
五更鸡唱辞荒驿，函谷马嘶天欲白。
重叠抱关皆土山，山巅山腹种麻麦。

宿盘豆驿②，寄怀友枝庄三
我发燕京日，君书自远臻。
未展心先喜，一读泪满巾。
君夙乐高踏，忧道不忧贫。
常棣萼柎散，辛苦在天伦。
陟屺遥瞻望，望断萱花春。
中夜梦负米，觉来疑是真。
对人强言笑，向隅独吟呻。
天心薄孝子，何地植忠臣。
吾言不他告，君闻且勿嗔。
归期秋风近，乡味欲及莼。

---

① 函谷关：中国古代关卡，在今河南省灵宝市。
② 盘豆驿：古驿站名，在今河南省灵宝县。

与君浮鹰水，依旧钓细鳞。
今夜月如眉，我行初入秦。
屋梁依稀影，思君展转频。
知君当此夕，亦当思故人。

潼关

匹马蹄声急，风陵欲起风。
河流抱城阔，山势入秦雄。
市近人烟密，关高鸟道通。
长安何处是，目断夕阳中。

华山（二首）

云际苍龙隐鳞甲，天边玉女露娇鬟。
诗囊欲蓄烟岚秀，立马贪看太华山。

暂驻征骖太华前，满林积翠雨如烟。
云间铁索通仙路，天半瑶华涌妙莲。
大地茫茫吾欲老，千秋邈邈客犹眠。
名山在眼难攀得，奈此风尘未了缘。

鸿门

重瞳视近不视远，沐猴而冠韩生哂。
谁道大王性不忍，不忍可忍忍不忍。
剑舞双双白日寒，真龙低首惨无神。
忽然一卷风云起，玉斗撞碎谋臣嗔。
君不见新安白骨高于冈，冤气于今草不苍。
忍坑秦卒二十万，不忍俎上一汉王。

晨起浴骊山温泉
湿烟缕缕日升迟,风冷华清晓鸟悲。
最是远来憔悴客,温泉如鉴照须眉。

灞桥
水绿山明阅几朝,古陵寂寂草萧萧。
多情只有风前柳,飞絮随人过灞桥。

长安旅夜
承露盘空仙路绝,延秋门古夜乌悲。
无情一片长安月,偏向离人照鬓丝。

咸阳
洗尽炎尘一雨晴,田田苜蓿马蹄轻。
终南山色长安月,夜送行人入渭城。

始皇
法若牛毛吏如虎,却嗤秦网太恢疏。
销兵未到泽中剑,劫火犹余圮上书。
徐福三千携艳玉,祖龙一夕化游鱼。
经营别见英雄迹,万古长城铁不如。

马嵬
六军底事驻前旌,枉杀蛾眉太不情。
毕竟君王忘旰食,美人未必定倾城。

赠扶风孙明府
四海皆兄弟,逢君信此言。

一身忘是客，终日为停辕。
践履儒风贵，耕耘土俗敦。
南薰生意满，膴膴古周原。

夜发岐山，寄内
岐山风化启雎麟，走马朝来西水滨。
自古圣贤皆好色，有情烟月笑离人。

冒雨逾大散关，至东河桥
怪雨脚底起，还倾头上盆。
千峰悬飞瀑，万壑互吐吞。
云与人争路，人奔云亦奔。
一笑跨奔云，冷然下前村。

白家店雨夜
石气蒸作云，吹送千山雨。
羁怀惨不乐，孤灯耿蓬户。
夜黑林有风，恶梦忽逢虎。

度凤岭
栈雨关云满客袍，我行逾远气逾豪。
秦川如线树如荠，立马天边凤岭高。

留侯祠
水自涓涓山自葱，祠堂深锁夕阳中。
赤松应在荒唐境，黄石终归亡是公。
只愿报韩全素志，敢言佐汉奏奇功。
史家徒说知几早，千古无人识苦衷。

度画眉关至马道（二首）

晓月送我画眉关，忽到铁佛焦岩间。
（铁佛、焦岩，俱地名。）
武曲之蹊何屈曲，褒谷之水几弯弯。
欲坠不坠石抱石，欲飞不飞山掖山。
千古烟霞应有待，不遣尘踪留仙寰。
（武曲铺西有石，镌"千古烟霞"四大字。）

奇峰当面起，怪石压头倾。
褒谷连斜谷，山耕杂水耕。
陇云晴带雨，秦树夏啼莺。
莫问兴亡事，前途多古城。

马道驿北一水曰樊河，相传酂侯[①]追淮阴[②]，至此及之

隆准是盲龙，重瞳乃沐猴。
天下几人识英雄，独有漂母[③]与酂侯。
一夜东遁鞭匹马，非我负汉汉负我。
樊河水涨不可行，下马河上藉草坐。
无端听取碧蹄声，何人履我呼我名。
厚意未报一饭德，回鞭且酬知己情。
却有神骏留化石，祸机似讽狗烹客。
千载难招钟室魂，石马不嘶山月白。
（山上有石，状如马，传为淮阴所乘马所化。）

[①] 酂侯：萧何（前257—前193年），西汉丞相、政治家。酂侯是汉高祖刘邦赐给萧何的诸侯封号。

[②] 淮阴：韩信（前231—前196年），西汉开国功臣，中国历史上杰出的军事家。

[③] 漂母：一位漂洗丝絮的老妇人，见《史记·淮阴侯列传》。韩信早年为布衣时，漂母见韩信饥，以饭食之。

观音碥

巨灵擘怪石，叠之作奇峦。
绿草生石隙，袅娜媚于兰。
上有百尺瀑，吹雪六月寒。
下有千丈壑，水黑毒龙蟠。
一步一奇出，百回千回看。
欲写幽奇景，倪黄亦应难。
诗魔已乞降，苦声绕笔端。
忽惊紫云起，慈佛立巑岏。

褒姒铺①

烽火冲霄虏骑驰，檿弧箕服②果妖儿。
一言一笑倾人国，善学展禽是息妫③。

鸡头关

七盘之路何峥嵘，水啮山根山欲倾。
人影高从九天落，吟肩耸与乱峰争。
岩留凤嘴云常护，石化鸡头夜不鸣。
（岭上一岩名凤嘴。岭上又有巨石，状如鸡头，因以为关名。）
百二秦关从此尽，平原开处见褒城。

栈中杂诗

游遍中原尚未还，肩舆又向锦城间。
乱峰迎客益门镇，冷雨吹衣大散关。
谁架垂虹通石栈，我来叱驭度云山。
凭君莫说三巴路，未听猿声鬓已斑。

---

① 褒姒铺：在今陕西省汉中地区。
② 檿弧箕服：意为灭亡周国之人。西周末年童谣曰："檿弧箕服，实亡周国。"
③ 息妫：春秋时期息国君夫人，著名的美女。

送胜迎奇日日忙，者番游景满诗囊。
山遮马首疑无路，峡听鸡鸣别有乡。
一涧白云人影淡，千林绿雨客衣凉。
旗亭酒熟宜微醉，野簌溪鱼饭亦香。

山家枕水小于船，豚栅鸡栖共一椽。
衣带栈云疑有雨，日蒸关树欲生烟。
怪峰危嶂犊耕石，黄麦绿苗鸠唤天。
蜀道虽高多坦路，秉舆安稳不妨眠。

宿褒城[①]（有云漈山，相传徐佐卿驾鹤登仙于此。）

秧青新雨后，一路水溅溅。
峡尽野初阔，山开天忽圆。
褒城平似掌，汉树淡于烟。
借问云间鹤，飞升有几仙。

黄沙镇[②]（武侯所开。《志》谓青城道士曾憩于此，未几仙去，故又名曰仙留。）

丞相经营扼要冲，山围古戍水溶溶。
居民也自知轻重，不说飞仙说卧龙。

武侯墓

阿瞒仲谋草窃耳，高卧南阳不肯起。
龙孙三顾何频烦，君臣相契如鱼水。
率土谁非汉室臣，鞠躬誓欲扫风尘。
蛮酋七擒伏天讨，出师二表泣鬼神。
北风不竞我武扬，中原父老争壶浆。

[①] 褒城：古旧县名。治今陕西省汉中市西北。
[②] 黄沙镇：古镇名。大约即今陕西省勉县黄沙镇。

俗儒安知王者师，漫言用兵非所长。
星陨鄜原炎运蹙，一家热血歼绵竹。
家国存亡终始同，惠陵无人杜鹃哭。
山色千年犹如故，老柏深藏丞相墓。
追怀当日泪澜翻，洒向定军山下路。

又

三吊忠魂泣凑河，定军山下又滂沱。
人生勿作读书子，到处不堪感泪多。
（我朝楠公与武侯事相类，楠公墓在凑河上。）

蔡坝道中

枇杷黄熟杏桃红，一路旗亭酒不空。
水涨田田溪雨足，山莺啼老绿秧风。

雨逾五丁关[①]（即五丁开山处。）

路似羊肠往复还，篮舆咿轧湿云间。
旧知蛮俗仍羌俗，送尽秦山又蜀山。
滑石乱流三日路，盲风怪雨五丁关。
（由大安至黄坝，溪涧沟渠有数十道。）
天涯落魄感何极，衣上泥痕和泪斑。

宿宁羌[②]

深谷长留太古风，逼人爽气自蓬蓬。
万峰束天小于瓮，客与繁星宿半空。
冷灯一点梦魂瘦，摇摇犹向家山走。
夜深惊闻屋瓦崩，奇云压窗雨如豆。

[①] 五丁关：地名，指秦巴蜀道古金牛栈道之咽喉要塞，在今陕西省宁强县境内。
[②] 宁羌：治今陕西省宁强县。

雨宿木寨山

怪底阴寒逼卧屏，断云一片在窗棂。
林藏虎影风声恶，水带龙涎雨气腥。
乡梦崎岖山巀嶪，夜灯明灭鬓星星。
壮心销尽蚕丛路，把酒殷勤酹五丁。

新晴发木寨山

已有先吾发，铃声隔谷闻。
新晴人影健，乱水马蹄分。
山赭栖黄麦，林深酿绿云。
探奇如学道，要在忍辛勤。

龙洞背（即古龙门阁。）

龙洞深而黝，中有万雷轰。
吸尽前溪水，吐从后涧倾。
上有玉皇观，深树映雕甍。
苔古鳞甲滑，沙肥脊背平。
奇岩莲花现，恍闻妙香清。
满山多怪石，一一如凿成。
造物真好事，斧斤费经营。
大笑立龙首，老龙眠不惊。

朝天岭（朝天镇在其下。）

雄镇踞一方，形势如在井。
出井忽近天，道是朝天岭。
俯视嘉陵江，倒蘸千仞影。
日光不到处，湿云朝暮冷。

鸟路几萦回，连天一线永。
前行人已远，犹在后人顶。
巨石当道出，赑负各争猛。
起者如豹虎，欹者如舴艋。
或瘦而嶒嶙，或秀而明靓。
或犷而攫地，或顽而生瘿。
百窍自玲珑，一一可贯绠。
岩间水滴久，此中皆幽景。
巨灵去何年，无人来管领。
昂头啸苍穹，日落万籁静。

千佛崖
悬岩临水甚奇崛，谁向岩间刻千佛。
大龛小龛佛累累，面目依稀总如活。
过客拍掌称奇妙，全身装成金碧耀。
但恐佛有灵兮佛亦愁，愁竭民膏涂石窍。

刘茂锡自陕西送至广元，临别赋以为谢
相遇论交臭味真，天涯知己胜乡亲。
蜀山栈与秦川峡，一路凭君作主人。

听妓弹琵琶
青衫有客入三巴，望断东天远忆家。
一握江州司马泪，嘉陵水上听琵琶。

昭化县①客次遇盗
如有人兮户半开，梦醒急呼僮仆来。

---

① 昭化县：古旧县名。治今四川省广元市西南昭化镇。

独失汗衫与破帽，盗兮盗兮费我疑。
盗儿之意何为耳，入室未尝胠行李。
深知寒儒太落魄，无乃梁上古君子。
闻说萑苻①遍江湄，夜夜来觊行旅帷。
殷勤示我前车戒，果然君子是吾师。
呜呼汝盗有德性，何不告我以名姓。
天下原少忠恕人，勿向他人加盗行。

昭化阻雨

江城隐隐柝声沉，孤枕凄凉万里心。
数尽归期闻点滴，巴山夜雨一灯深。

剑阁

不入剑州路，焉知蜀山奇。
曲折凿成道，夹崖压人危。
半峰以上峭而立，气冲霄汉势屴岌。
裙腰一带乱石围，铁色黯默晴犹湿。
截然中断开一门，高架重关障雄藩。
时平锁钥生绿锈，日紫雉堞留血痕。
东客万里来巴蜀，无端乡愁积成斛。
临风且歌蜀道难，遇雨又唱淋铃曲。
蜀道即今为康庄，蜀山依旧攒剑铓。
剑铓日触离人目，不怕离人日愁肠。

姜平襄侯祠（剑门南数百步，为姜公驻军处。其左隔水丘上有公祠。）

奇峰争削芙蓉锷，千朵万朵拥剑阁。
高鸟退飞不能度，全蜀北门资锁钥。

---

① 萑苻：指盗贼、草寇。

阴平鼓声如疾雷，北兵踊跃从天来。
屈膝甘向魏廷拜，刘家孺子何不才。
姜公祠枕潺湲水，我来下马烟雨里。
断碣残碑涕泪多，荒烟蔓草迷古垒。
卧龙虽逝犹有君，其奈天意厌三分。
邓艾槛车钟会死，忠魂含笑乘风云。

宿剑门驿

酒痕泪点客衣斑，一夜归心满剑关。
巴雨蜀云人万里，杜鹃声里梦家山。

不寐有感

水行苦多风，山行苦多雨。
蜀山行不尽，雨丝日缕缕。
备尝远客情，写入新吟谱。
勿谓少年狂，我已为人父。
灯昏破屋中，漏湿无干处。
愁闻邻儿啼，呱呱频索乳。

天成桥上作

剑门疏雨散如尘，淡绿浓青点缀新。
欲画不知身入画，天成桥上看山人。

发剑州

鸡筹报晓梦魂惊，又治行装出剑城。
雨蚀残碑前代字，风吹老柏汉时声。
（剑门以南，老柏夹道。相传为蜀汉时所植。）
半生诗酒逞狂态，万里江山吊古情。

温饱原非男子志，破簦短褐一身轻。

剑州杂诗（二首）

湍流激石响如霆，古庙阴森龙气腥。
云絮乱黏巴树白，子规啼破蜀山青。
天低剑外朝扪斗，雨滴愁边夜听铃。
远役何堪多病客，数茎蓬鬓渐星星。

木叶初黄上栈车，绿阴时节尚天涯。
云封剑阁猿啼昼，雨满巴山客忆家。
故剑依人情切切，馨丝学语响哇哇。
（余之西航，属家累于增田氏；一女甫三岁。）
殷勤莫把归期问，岷岭吴江万里赊。

上亭铺[①]（一名郎当驿，即明皇闻铃处。）

诗情酒兴任纵横，莫管蛾眉恨未平。
地下三郎应妒杀，看山含笑听铃声。

送险亭[②]下作

鸡鸣桑树夕阳颓，一望平原秧绿堆。
山入云中飞舞去，人从天上步虚来。
升仙无术客将老，送险有亭颜始开。
（七曲山有盘陀石，相传为仙迹。）
预想梓潼今夜梦，犹攀星月绕崔嵬。

---

① 上亭铺：古驿名，旧址在今四川省梓潼县。
② 送险亭：在今四川省梓潼县境内。

下轿歌

自入栈道，每遇高山危磴，必下轿而步，以分轿夫之劳。陶公云，"彼亦人子也"，作《下轿歌》。

下山如入井，上山如升天。
盘曲石为梯，竖崟马难前。
轿夫跋涉云岚里，雨淋日炙无时已。
舁我入井又升天，一肩积血两团紫。
君不闻古圣重民力，力役三日心恻恻。
又不闻良将恩如父，常与士卒同辛苦。
我下轿步脚铸铁，蹈破山腹石皆裂。
轿夫举手一齐呼，勇是孟贲心是佛。
吁嗟乎！坐轿人与舁轿人，一劳一逸大不均。
舁者莫辞一身苦，坐者须发一念仁。
大道陵夷风俗薄，富役贫兮强陵弱。
要知我苦人亦苦，莫向人前贪独乐。
我顾轿夫每长叹，客路何忍加呵谴。
坦处乘轿仄处行，历尽蜀山险万变。

发梓潼

剪剪轻寒袭细绵，我行已出万山前。
舆窗日日霏微雨，始信梅霖到蜀天。
（范《记》云：蜀中无梅雨，未必然也。）

雨中过石牛堡[①]

松竹深深翠欲流，邱园晓冷淡烟浮。
天停宿雨为今雨，人叱水牛耕石牛。
（连日滂沱，昨天阴而不雨；剑州以南多水牛。）
山转溪回又蛮落，鹃啼猿叫总离愁。

[①] 石牛堡：在今四川省绵阳市石牛镇。

闺中若问金钱卜，一片归帆八月秋。
（用成句。）

过魏城驿抵绵州
湿云低处一鸠鸣，十日曾无两日晴。
满地桑阴深又浅，吹为绿雨到绵城。

自绵州抵皂角铺，一路所过，宛如故乡风景
一路鹧鸪泥滑滑，千山杜宇雨霏霏。
映衣秧绿浓于染，出屋炊烟湿不飞。
堂北草深怀益母，天南羽倦忆当归。
松光竹影参差里，写出乡园白版扉。

飞石（在涪江，俗传从罗江飞来。）
巨石一夜乘长风，飞自罗江来涪江。
形如厦屋色如铁，屹立洪波千顷中。
汝无羽翼解飞舞，坚骨棱棱自千古。
惟汝能挽既倒澜，故向横流作砥柱。
何不飞向穷闾贷一椽，无家之子泣风雨。

庞侯祠
岁时俎豆自悠悠，祠庙巍然祭靖侯。
才大真难容百里，功成尚恨出中谋。
（侯尝献上中下三策，先主用其中策以取蜀。）
鹰扬未集三巴业，凤去长留万古愁。
独使一身当内外，卧龙何以复神州。

过弥牟镇,观八阵图,慨然有作

嗟嗟八阵图,千秋迹不灭。
雄材冠武韬,精义探羲易。
叠成三尺垒,分作八门辟。
中藏十万兵,铠光寒白日。
威留鱼腹浦,气蒸蛾眉碛。
忆尝征南蛮,神出而鬼没。
又复临中原,风雷卷地发。
生前无匹敌,死犹走仲达。
郁郁定军松,萧萧弥牟月。
我来对悲风,满腔沸热血。
马革当裹尸,高卧非人杰。

成都雨夜

帘冷香消梦后情,绵城歌管夜三更。
伤心奈此天涯客,独对残灯听雨声。

昭烈庙（即惠陵所在。）

修廊曲殿矗层层,尚守先祧有老僧。
一体君臣长合祭,三分事业继中兴。
（祔祭武侯及诸功臣。）
荒烟何处埋疑冢,翠柏于今护惠陵。
汉贼从来不两立,紫阳特笔凛如冰。

后主

降车远出锦官城,从此炎刘火德倾。
国小兴亡关正统,才愚终始听阿衡。
一抔陵土艰难业,千古蘋蘩庇荫情。

（配食昭烈庙。）
剩有永安宫里诏，英雄心事自光明。

草堂寺
大耳经营壁垒荒，三郎遗迹亦茫茫。
水光竹影城西路，来访诗人旧草堂。

支机石祠
世上漫传织女机，荒庭草色满烟扉。
无情当日乘槎客，不载天孙载石归。

赠陈锡邕明府
客里光阴亦惜分，每逢知己便论文。
到门今雨心如洗，入室南风人欲薰。
德政原从儒行得，颂声早藉口碑闻。
庆云一片须珍重，燮理他年定属君。
（陈有德政，详于《栈云峡雨日记》。）

蜀产歌
蜀锦颜色不炯炯，粗功今日居下等。
宁远又竭金银气，寒精夜夜泣空矿。
山深却少栋梁材，运搬远从黔滇来。
煤炭唯上富家灶，柴草仅给贫户炊。
茶树斫残稻苗嫩，仓谷足以济凶馑。
别有药物推大宗，年年贩售金百万。
君不见禹域殷富在江南，粟米如山又浴蚕。
锦绣文章千万户，西来猛虎视眈眈。

晓逾山泉铺

石气濛濛白，散作万山云。
马影当面失，铃语到耳闻。
行至天近处，忽然吐朝暾。
一半是浑沌，阴阳犹未分。
一半金世界，万象粲成文。
自疑化瞿昙，不然入仙群。
须臾云卷尽，辽阔天地宽。
顾影发大笑，犹是风尘人。

过古折柳桥

锦城春事去匆匆，泸水渝山又向东。
客思浓于戎酒绿，衰颜何似蜀江红。
（锦城以南水，皆浊而赤。）
一家消息云天外，十载光阴离别中。
慵向桥头寻古柳，鬓寒影瘦不禁风。

自内江至隆昌

稻花香里鸟声圆，山色围村水满田。
风景依稀故园路，不知身到夜郎天。
（隆昌，古夜郎地。）

晓发荣昌

屋小气如蒸，出门见残月。
月弦赤于火，知送夜来热。
欲乘晓气清，客先鸡声发。

盐井

盐井至小可覆掌,接篾袅袅几百丈。
远送竹筒取盐水,牛车挽之冉冉上。
桶承笕送长不绝,泻入红炉鸣活活。
火候渐进水气尽,无端高堆万斛雪。
闻说巴东朐腮井,盐水自凝形如笋。
碎来万点吹不飞,咸中别带甘味永。
君不见蜀江如箭石巉巉,万里不通海客帆。
天心巧作生生计,海有海盐山山盐。

德政坊

文翁黄霸无处无,德政之碑满通衢。
口碑不如石碑美,今人应笑古人愚。
昨日一茎生两穗,今日群虎过江逝。
闾阎菜色非冻馁,讼庭哭声皆感涕。
一朝解任无人说,碑字埋苔任摧折。
石碑口碑孰为久,口碑不灭石碑灭。

重庆府

盘石擎城耸半空,大江来抱气濛濛。
山风带热水含毒,身在蛮烟瘴雨中。

巴峡

雍州①行遍又梁州,客路风尘欲白头。
载得归心下巴峡,长江万里一孤舟。

---

① 雍州:古九州之一。《尚书·禹贡》:"黑水西河惟雍州。"

泊施家滩

施家滩上泊舟时,落尽杨花听子规。
山静江深天在水,一痕新月小于眉。

涪州

荔枝推闽中,经岁味尚美。
川广虽多液,干之则瘠矣。
要取其未干,健马驰千里。
七日到长安,妃笑天颜喜。
我来乘扁舟,溯洄涪州水。
何处妃子园,日没江烟里。

丰都县（道家以冥狱为在丰都,遂以此地当之。）

丰都一带夕阳东,树色深笼古梵宫。
安得移身冥狱住,水明山绿画图中。

泊马唐湾,是夜雨

愁边灯火灭还明,到枕疏钟夜几更。
一叶扁舟巴峡底,篷窗和雨听滩声。

忠州（刘晏、陆贽、李吉甫、白居易诸公,皆尝谪于此。）

斜阳映水暮烟浮,山郭凄凉气似秋。
只为先贤遗爱在,荒城千古表忠州。

石宝寨

孤根拔地耸云表,天风浩浩吹不倒。
绝顶现出梵王宫,十层楼阁是磴道。
上方钟鼓度晨昏,画中烟水下界翻。

灵境多被僧占有，乃信福地在法门。

双渠子（滩名。）

漩涡欲吞舟，舟子巧回避。
右转又左旋，绰绰有余地。
一涡才过一涡生，江心殷殷万雷声。
群山挟舟皆飞动，孤客性命鸿毛轻。
君不闻滟滪大如马，瞿唐逼仄不可下。
又不闻江流出峡险始夷，险始夷时江少奇。
自古熊鱼不兼得，笑问江神知不知。

由胡滩至万县

出峡又入峡，奇石争献奇。
胡滩以东最奇绝，几回狂呼神欲驰。
人言乱石江之蠹，吾谓乱石是宝璐。
有石大江生颜色，无石大江只泥淤。
石飞石跳滩又滩，石气连山山骨寒。
安借夜半负山力，一担轿子移奇峦。
（万县城西有轿子山，以形似得名，最为奇拔。）

巴阳峡（峡口有龙蟠石，长数百丈。）

毒龙化为石，恋水犹蟠曲。
水走龙欲吞，大江为之蹙。
峡口隘如闸，孤舟太逼仄。
水面忽生鳞，凉风吹山绿。

夔州（二首）

高城一片白云间，江气濛濛控百蛮。

腰下宝刀鸣不歇，乱山何处鬼门关。

鱼腹浦前风欲生，永安宫上雨初晴。
滩声高涨黄龙峡，月色将秋白帝城。
二十年来为客日，八千里外忆家情。
孤篷只趁东归水，屡向舟人问去程。

瞿唐峡

滟预当其口，盘涡与舟争。
一跃入瞿唐，水势如瓴倾。
奇岩高百尺，崭绝皆削成。
彤纹赤甲烂，素彩粉壁明。
何年毒龙爪，爬劈痕纵横。
上见穴居者，天半带云耕。
麦禾无生意，瘦叶皆倒生。
天窄迟漏日，江雾未全晴。
黑石滩无色，风箱峡有声。
客子方被褐，病骨冷欲惊。
行出大溪口，山明水亦平。
三峡从此始，作诗纪我行。

（赤甲、粉壁，皆岩名。黑石，滩名。风箱，峡名。崖上穴居者数户，山间有土处，皆垦为田，种以菽麦。）

泊巫山县

千古阳台定若何，翠鬟依旧蘸晴波。
孤舟载得巫山梦，为雨为云恨更多。

巫峡

巫峡之山高且大，峰峰直矗青天外。

争奇献媚看何穷，天然一幅好图画。
青则染蓝白撒盐，凿以龟坼削以铁。
癯然而长毛生胫，秃然而童颠无髯。
松峦相对翠屏翠，望霞还与起云媚。
飞凤翩翩舞态浓，登龙跃跃鳞甲坠。
（松峦、翠屏、望霞、起云、飞凤、登龙，皆十二峰名。）
矫如高士脱尘俗，濯如美人新出浴。
已将超逸兼雍容，端庄又见娇态足。
中有巫山第一峰，插天玉笋双玲珑。
俨然占得九五位，臣使诸山来朝宗。
君不见瞿唐未免挟霸气，至此正惊王者贵。
又不见效颦颦亦好，嫣然西陵假十二。
（黄牛峡有假十二峰，极其明媚。黄牛一名西陵峡。）

铁棺峡

黄粱梦里沧桑变，石火光中阅世频。
千载铁棺悬不朽，天边白骨笑行人。

舟中所见

谁将劫灰此中积，满山黯默如泼墨。
居民藉以谋衣食，面目深黑疑鬼魆。
溅水筑填竹筒内，捏成一样筒儿大。
堆地千筒又万筒，筒筒担来向舟卖。
君不见巴东土煤贱于薪，千筒不抵钱一缗。
又不见黄河南北数十郡，柴草不给烧马粪。

泊叶滩

雨丝纷不收，风意冷于秋。
忽觉短篷重，峡云来压舟。

人鲊瓮（滩名，在归州。）
滩声怒欲卷城走，晴天雷在地中吼。
孤舟不当一叶轻，千涡万涡涌左右。
左舷桨折去无痕，右舷幸有两桨存。
迁右就左浑不定，努力撑舟抵峡亹。
宛似睢阳婴孤垒，力抗千军争生死。
又似李陵战方苦，裹创犹闻鼓声起。
忽堕涡中势不测，舟人相看惨无色。
握稭投水祷江神，合掌瞑目念菩萨。
菩萨于我无宿缘，江神与人亦漠然。
独有周孔真吾师，为我尝说涉大川。
邪许声中共击楫，转舟稍得就利涉。
此生初能出万死，譬之冲围得凯捷。
惊魂未定青山送，半日朦胧心如梦。
谓君勿复说既往，掩耳怕闻人鲊瓮。

香溪口（香溪之源出昭君村，秭归又有宋玉故宅。）
冷雨凄风送暮哀，美人才子共尘埃。
玲珑一掬香溪水，流自昭君村里来。

兵书峡
祖龙一炬竟何如，峡里当年留烬余。
天意好生非好杀，谁来绝壁读兵书。

舟中感怀
杳杳东天远，家乡只梦还。
风腥人鲊瓮，日炙马肝山。
饱惯江涛险，终输水鹭间。

自惊明镜里，着雪鬓毛斑。

过新滩入马肝峡

乱石如剑森矗立，穿破舱底不易涉。
官槽龙门各争险，危滩最怕豪三峡。
（新滩两岸，南曰官槽，北曰龙门，见陆《记》。新滩又名豪三峡，见范《记》。）
竹子来时水淼漫，石沉江底不见滩。
扁舟坐稳诗可录，且向峭壁询马肝。
（马肝峡石壁峭绝处有石，下垂如肝状，因以得名。马肝，又为砚石别名。）

空舱峡

波光潋滟远涵青，无限奇峰展画屏。
宛转随舟看更好，棹郎指点是空舱。

自黄牛滩至下牢溪

好脱征衫贳绿醪，拼将一醉写吟毫。
舟从白帝城头落，山向黄陵庙外高。
奇句欲争三峡险，惊魂已惯九江涛。
西风吹送潇潇雨，日暮猿声是下牢。

黄牛峡

百里好山千尺水，扁舟载我画中过。
瞿塘巫峡皆奇绝，看到黄牛景最多。

出峡抵邓家沱

峡门开处水平空，又过江干正敛风。
山入夷陵皆贴地，扁舟来系绿杨中。

泊邓家沱

久为巴蜀客,又向楚天过。
村古蚊声集,江开月色多。
淫祠仍陋俗,夜舫自蛮歌。
搔尽星星鬓,羁愁奈汝何。

宜昌夜泊

夷陵厄巴蜀,荆楚有门庭。
月照虎牙白,山连马肺青。
（虎牙、马肺,皆滩名。）
三游留古洞,至喜表高亭。
凭吊无人共,含情近酒瓶。

过荆门

山低树远水连村,隐隐城垣白一痕。
柔橹不摇风力软,扁舟容与下荆门。

过松滋,骤雨正晴,大月如盆

凉声瑟瑟满前湾,秋近蘋风荻露间。
城影沉烟唯有树,天光接水欲无山。
雨犹余滴孤篷冷,舟自随波两桨间。
今夜空闺应忆我,松滋对月赋刀环。

沙市

市近风前岸,烟迷雨后湾。
眼中千里水,何处一拳山。
价贱瓜堆地,税多舟畏关。
（沿江多产西瓜。）
白鸥谁得狎,飞没淼茫前。

过石首县①

山容若张盖，雨敛夕阳浮。
千尺楚江水，一帆何处舟。
地卑鱼上岸，城破草藏牛。
试问刘郎浦，绣林依旧不。

雨后凉甚，是日立秋

一江凉雨压轻舟，日暮潇潇芦荻洲。
更有秋风催客急，先吾已到岳阳楼。

泊车湾

江色茫难辨，萧萧独夜舟。
疏篷闲听雨，远客早知秋。
天黑雁声湿，水寒鱼气愁。
前途犹辽远，点检旧征裘。

阻风二日

休将逆浪诉封姨②，野蕨堆盘酒满卮。
连日停舟殊不恶，篷窗细补纪行诗。

遥望洞庭湖

大江水与洞庭水，其间仅隔一带耳。
秋江高涨一带沉，岸树点点浮如荠。
湖光忽从树杪得，天邪水邪同一色。
极目渺茫疑无地，龙气深蒸云梦泽。
岳阳之楼在何处，欲往从之阳侯怒。

---

① 石首县：古旧县名。治今湖北省石首市。
② 封姨：古时汉族神话传说中的风神。

君山翠黛为谁容，无人更吊湘妃墓。
湖水北注江水东，江湖相会划青红。
青红百里流不乱，风帆蹴破五彩虹。

螺山阻雨（二首）

村色晚烟外，客樯风岸前。
避人如少妇，默坐学枯禅。
江黑雨悬夜，灯青虫聚船。
不堪秋气冷，水枕梦难圆。

栈云犹在袂，水枕又篷窗。
虫咽荒村草，雨寒残夜釭。
秋声连楚泽，客梦落吴江。
隔岸僧庵近，晨钟断续撞。

自螺山至嘉鱼县

雨后秋江水涨湾，人家多在淼茫间。
白帆点点遥相映，一岸垂杨一岸山。

九江

孤篷挑尽首重回，五老峰头霁色开。
不怪眼前无好景，看山人自蜀中来。

浔阳[①]

沦落天涯白发生，荻花枫叶又秋声。
琵琶听遍江南北，一到浔阳便有情。

---

① 浔阳：古县名。治今江西省九江市。

附录之《乘槎稿》

乙亥岁航海赴清国,十二月十二日舟到山东芝罘。是夜海月鲜明,与山雪相射,觉寒光料峭逼人

朔风簸海涌狂澜,吹到烟台意始安。
雪色月光浑不辨,夜山一白压篷寒。

发黄山馆①

缁尘和雪满征裘,瘦马啴啴行不休。
蹈尽峰峦三日路,残山送客出登州。

乐安县途上

睡魔才去又诗魔,深掩车帷笔屡呵。
海外交游知己少,客中情味得酸多。
荒城寒色连平野,古驿残星带瘦骡。
明日春风何地到,今年尽日渡黄河。

黄河

神禹疏通后,黄河万古流。
水枯高出岸,冰合狭容舟。
前路犹千里,征人欲白头。
心随东逝浪,远到日边不。

芝阳除夜

明日逢元日,清樽幸不空。
村荒寒色外,年尽马蹄中。

---

① 黄山馆:驿站名,位于今山东省龙口市。

守夜杯盘冷，围炉榾柮红。

一行肥萨客，聚首话乡风。

（森公使，萨州人。颖川书记官与余为肥州人。）

忆内

镜里衰颜借酒酡，乡园此夕果如何。

空闺守岁又今岁，应恨半生离别多。

附录之《沪上游草》

沪上岁暮
自信儒冠误此生,前途似梦未分明。
年丰故国民犹乱,春近他乡客有情。
绿眼红毛争互市,嗷鸿饥鼠泣孤城。
夜深独对寒灯坐,砚水生冰笔有声。

题顾少梅①《罗浮香梦图》
非云非雪白茫茫,梅花万树围草堂。
人与梅花共清瘦,花香深处梦亦香。
仙境隔在深山中,疑与人间路不通。
明月夜来静无影,孤鹤呼侣迷西东。
披图清香犹满幅,吟骨如冰诗不俗。
谁作此图顾少梅,题诗之人其姓竹。

李孝子歌
山左有孝子,世居日照里。
天日不照孝子身,既盲其目又聋耳。
儿聋母亦聋,儿盲母亦盲。
儿唯有一诚,此诚通神明。
盲则视无形,聋则听无声。
承意扶起居,抚体问寒燠。
母心乐融融,何须耳与目。
李孝子明且聪,绝胜世上为人子,有目如盲耳如聋。
一朝血泪染斩麻,孝子性命风中花。

---

① 顾少梅:清代收藏家。

吾闻天亦有耳目，独厄孝子一身毋乃酷。

初春书感
敝褐依然薄宦身，功名多属少年人。
梅花冷落桃花笑，同是东风一样春。

上巳①
只闻柔橹响，江雾隐行舟。
雨妒花魂碎，风狂蝶梦愁。
香泥诗客杖，春味酒家楼。
故国谁修禊，兵戈满九州。
（本邦镇西之乱，至今未平，亲戚故旧不通音信久矣。）

锦旗行（我朝天子亲征，必以锦旗前导；命亲王发师，亦赐锦旗遣之。）
昨日锦旗东，今日锦旗西。
昨日东民哭，今日西民啼。
未闻钟室烹走狗，晋阳之甲漫藉口。
一麾直欲卷蜻洲，萨儿之胆大于斗。
战骨如山血如河，腥风漠漠鬼哭多。
千村万落为焦土，呜呼奈汝苍生何。

送人归日本
懒云如梦雨如尘，陌路花飞欲暮春。
折尽春申江上柳，他乡又送故乡人。

映藜堂坐雨，分韵得春字
奇遇原知有宿因，披肝露胆日相亲。

---
① 上巳：古代节日。魏晋以后把上巳节固定为三月三日，此后便成了水边饮宴、郊外游春的节日。

聊凭酒兴充吟客,为写诗狂学醉人。
十亩绿阴催薄暮,一庭红雨送残春。
不须结伴蹋青去,门外纷纷车马尘。

葛隐畊、陈曼寿①、汪晓村诸子来过
雨声昨夜过江津,落尽红桃长绿蘋。
轻燕受风忙似客,垂杨委地懒于春。
烟云到处留清梦,诗酒凭谁作主人。
野蔌山肴须尽醉,征衣明日又缁尘。
(予将游杭、苏,故云。)

---

① 陈曼寿:陈鸿诰(? —1884年),字曼寿,号味梅。清代书画家,诗尤一绝,尝游日本三年,著有《味梅花馆诗集》。

附录之《杭苏游草》

丁丑三月携家探西湖之胜，十八日发上海抵黄渡，水色渐青
东风催我著征裘，泛宅遥为吴会游。
千点杨花轻似絮，一篙春水滑于油。
题诗已遍巴中路，胜景又探湖上楼。
北马南船随意乐，天涯薄宦胜封侯。

十九日小雨，过大窑，土人多置窑烧砖瓦。自此至杭，两岸皆桑田也
砖窑火冷湿烟微，十里荒村水半扉。
乍暖乍寒春晚雨，时裘时葛客中衣。
深深人语穿桑出，袅袅帆光映柳飞。
最喜别添新荞美，箨龙擘玉鳜鱼肥。

游鸳湖
水光磨出碧琉璃，花蘸胭脂柳蘸眉。
一笑翩鸿来照影，鸳鸯湖上立多时。

廿日泊大麻，是夜雨
渔户炊烟一带横，泊舟方及晚潮生。
微风袅柳毵毵影，细雨敲篷点点声。
客里青衫时有泪，镜中白发最无情。
携家好伴江湖梦，戒旦同听长短更。

廿一日舟到杭州
笔砚杂脂粉，妻孥同一船。

水清人影外，山到橹声前。
鱼价贱于菜，桑条翦作拳。
（桑树翦去上条，至数年后成拳样，谓之拳桑。）
忍看兵乱后，膏腴半荒田。

廿二日游西湖，初雨后晴（三首）
画舫浮春弄玉箫，衣香扇影水迢迢。
东风吹遍千株柳，青到苏堤第六桥。

苏小墓前春欲空，流莺啼破一林红。
细霭山翠霏霏雨，远送衣香习习风。
古寺旛幢烟柳外，美人笑语画船中。
移篙又向三潭去，仿佛瀛洲有路通。

淡妆何窈窕，浓抹亦鲜妍。
西子娇容足，苏仙好句传。
楼明皆倚水，桥小不妨船。
最好三潭夜，花间抱月眠。

岳王坟
偏安宋室厌中兴，自坏长城修岁缯。
香火千年岳王墓，青山何处吊诸陵。

孤山
湖光澹澹雨潜潜，处士坟留积翠间。
千里风尘怜薄宦，一家忠孝吊孤山。
（西匪之役，杭城林典史一家殉忠，葬诸孤山。薛太史慰农撰联，有"孤山终古属林家"之句。）
诗因多病年年瘦，鬓为忧时种种斑。

鹤子梅妻真可羡，青云何似白云间。

廿三日上吴山，山上有伍胥庙
当日鸱夷①最可伤，江流曲折绕钱塘。
潮声不到伍员庙，一片吴山对夕阳。

廿六日将登洞庭山，自嘉兴转舟西折，抵平望泊焉
水如碧玉几回环，帆走桑阴漠漠间。
儿女有情同客味，诗囊无税过江关。
回头已失嘉兴树，当面飞来七子山。
闻说洞庭奇石富，又迂舟路问孱颜。

廿七日过吴江县
长竿插在钓鱼矼，映水鸬鹚立一双。
乱后荆榛锄未尽，荒城残日过吴江。

过黄泾，距洞庭山可廿里
牧童何处去，牛背立饥鸦。
老汕纵横水，荒村八九家。
草深难辨路，芦断忽通艖。
指点洞庭近，苍苍倚晚霞。

是夜泊铜村
隔桥知市近，欲上酒家楼。
夜热天含雨，崖倾树攫舟。
人从忧患老，宦为斗升谋。
莫使机心动，江湖有白鸥。

---

① 鸱夷：代指伍子胥。

廿八日抵苏州，泊阊门外，雨大至，赋似内人

蹇驴曾度栈云间，每听铃声鬓欲斑。
今夜姑苏城外雨，篷窗剪烛话巴山。

呈俞荫甫太史（太史主讲西湖诂经精舍，著述等身。）

霁月光风满讲帷，熏陶自恨及门迟。
汉唐以下无经学，许郑之间有友师。
金印终输经国业，尘心不系钓鱼丝。
玉堂若使神仙老，辜负湖山晴雨奇。

奉和井井词兄原韵即正

曲园居士樾

东瀛仙客驻幨帷，游览都忘归计迟。
万里云山俱入画，一门风雅自相师。
（闻携眷属同游。）
青衫旧恨关时局，黄绢新诗斗色丝。
自愧迂疏章句士，感君欣赏我无奇。

枫桥雨夜（寒山寺为发贼所毁，仅存基址。）

渔火欲沉江草外，客愁来聚酒杯前。
荒烟冷雨寒山寺，人在枫桥半夜船。

登惠山，俯瞰太湖，是日微雨屡至（惠山一名九龙山。）

时开时阖雨成态，乍灭乍生云亦奇。
无限水光看不足，九龙山上立多时。
千重浪自中心涌，一白天包四面垂。
此个丈夫真气象，西湖虽美是西施。

虎丘寺

古寺人稀落日斜，钟声隐隐隔烟霞。
真娘①墓上春如梦，蝶懒蜂狂自落花。

剑池

云烟随变灭，霸业总茫茫。
唯有剑池水，一泓寒玉光。

留别苏城诸贤

别酒骊歌恨奈何，海槎明日又烟波。
一旬游胜三年学，为受苏城丽泽多。

---

① 真娘：唐代苏州著名的歌妓。葬身虎丘，墓在剑池之西的虎丘寺侧。

评批

　　三复尊集，长篇雄伟而无松笔，短句警拔而有余味，读之快心洞目，恨篇之易卒也。盖亡论得江山之助，江山亦借大笔而生光辉者，是岂寻常诗人所能辨哉？大清诸名家亦当避席而让一座焉，何其快也！若夫蜀道纪行之详细，考据之精确，比之范、陆二公《记》，笔力精采有过无不及，余将作一序详论之。再游期近，不能卒业，为之赧然。

丙子寒露节后二日　大槻崇①妄评

　　蜀中山水雄奇，诗足以副之，不负此游矣。

杨岘拜读

　　大著评点一过，古体千锤百炼，俱从剜心呕肝而出，知其寝馈于长吉者深矣；近体亦沉着，亦流丽，远摹杜陵，近规文简。卓卓可传，欣佩无似。

吴大廷书于槎室

　　淡而不枯，高而不橛，语语从性真出，不拾人牙慧，非缵言琢句劈（襞）绩为工、鞶帨为丽也。有目者，当共赏之。

云间雪门氏题

---

①大槻崇：大槻磐溪(1801—1878年)，名清崇，子士广，号磐溪，明治时期日本汉学家，著有《宁静阁集》。

大著古体讽论忠厚，深得风人之旨，而音节谐亮，古藻纷披，尤征邃学；近体风格道上，寄托深远，杜公之波澜独老成。洵堪奉赠。循诵数过，佩服无已。

刘瑞芬①拜识

破半日工夫，细阅一过。凡题目加朱围者，皆可存也。近体选者十之七，古体则十无二三。作者于近体已得唐贤三昧，古体则音节未叶，句法未融。杜老曰："佳句法如何？"东坡曰："文字之道，当从声音悟入。"请取《诗》、《骚》以下至唐、宋诸家集，精心研索，即知音节句法之离合矣。

作者学有根柢，蔼然仁人志士之言，又熟精乙部，辞必己出，不肯拾人牙慧，此其长也。而往往有率易处，有粗犷处，此小疵也。盖诗有章法，古人所谓"或制首以通尾，或尺接而寸附"也；有脉理之贯通，古人所谓"贯一为拯辞之药"也。是以去累则成篇，合法则入格，如端绮然，经纬分明，边幅平正，无纰无颣，斯为佳制。

鄙论如此，渐卿道兄以为然否？辱承远访，敢献商榷，不欲以流俗虚谀相待，知明哲必能鉴察。

光绪三年太岁在丁丑斗建辰之月，李鸿裔书

国初赵秋谷②著有《声病谱》一书，言古、近体均有音节，亦只在四声求之，与词曲家所言声律，尚有宽严之分。其所推究，皆人籁也。诗之妙蕴，实在天籁。天籁之清浊、高下、缓急、向背，又不在四声之叶否，则精粗相去远矣。大作奇气纵横，句法不谐处，

---

① 刘瑞芬(1827—1892年)，清外交官员、藏书家。
② 赵秋谷（1662—1744年），字伸符，号秋谷，清代诗人、书法家。

亦不为病。唐人如高达夫①、元次山②，宋人如黄山谷③、王半山④正以不谐见奇，此又一说也。不谐处正是天籁，求之四声反浅，惟律诗稍严耳。

高心夔识

　　右《栈云峡雨诗草》、《杭苏游草》各一册，日本井井居士所作也。居士以东国通儒，慨然有远游之志，以乙亥十二月航海芝罘，遵陆而至京师。居未几，遂由燕赵度河而南，自豫入秦，而蜀，而楚，还至沪上，复为苏杭之游。此编盖其纪行之作。闻见所及，发为咏歌，怀古感今，若有不能自已者。其为诗发摅胸臆，时有奇气，不规规于抚仿，而自合于前贤之矩镬。盖好学深思，而得力于游览者为不少也。戊寅之夏，居士税驾津门。余以朱君静山之介，晤于池田领事之署，既赋长律以赠之。因获睹居士是编，复为述其梗概，跋而归之，以志向往。

大清光绪四年秋九月朔 仁和岩、徐庆铨并识

---

① 高达夫：唐代边塞诗人高适。
② 元次山：唐代诗人元结。
③ 黄山谷：北宋著名文学家、书法家黄庭坚。
④ 王半山：北宋杰出的政治家、文学家王安石。

后 记

从接触到竹添进一郎所著《栈云峡雨日记并诗草》起，已经三十年了。从那时起，我就希望能够将这部著作整理后在中国出版。今天，这个愿望终于实现了。

三十年来时代的进步，是这部著作得以出版的大背景。而"重庆中国抗战大后方历史文化研究和建设工程"的实施，则直接催生了本书的出版。这部重庆版的《栈云峡雨日记并诗草》，是重庆市抗战大后方历史文化重大委托研究课题2013年度项目"抗战大后方海外档案史料搜集暨青年人才培养计划"（2013-ZDZX04）的一部分，又是其2016年度项目"日本民间对重庆及四川的情报收集与整理运用"（2016年度重庆市抗战文化专项委托项目第6号）的主要成果。

本书的整理出版工作由周勇主持，负责提供原书版本、制订整理方案、组织研究力量、修改审定文稿。周勇、惠科负责日记部分，黄晓东负责诗草部分。惠科负责标点、校释、文稿起草等。

本书的整理出版工作得到了重庆中国三峡博物馆、重庆市地方史研究会、中国抗战大后方研究协同创新中心、西南大学中国抗战大后方研究中心、重庆市中国抗战大后方历史文化研究会、重庆图书馆的大力支持。西南大学历史文化学院硕士生赵正超为本书提供并翻译了部分日文档案资料。多年来，重庆市地方史研究会周敏、郭金杭、周昌文等做了许多基础性前期工作。在此一并致谢！

需要指出的是，这部著作的整理出版，旨在为研究近代日本与中国的关系提供资料。我们对竹添进一郎和《栈云峡雨日记并诗草》的研究才刚刚开始，希望得到研究者和各界读者的批评指正，以共同推动这一课题的进一步深入研究。

编 者

2017年3月31日